HARL

Deseo®

UNA OPORTUNIDAD
PARA EL AMOR
Maureen Child

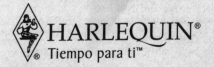

HARLEQUIN®
Tiempo para ti™

NOVELAS CON CORAZÓN

Editado por HARLEQUIN IBÉRICA, S.A.
Hermosilla, 21
28001 Madrid

I.S.B.N.: 84-396-9572-1
Depósito legal: B-52065-2001
Editor responsable: M. T. Villar
Diseño cubierta: María J. Velasco Juez
Composición: M.T., S.L.
Avda. Filipinas, 48. 28003 Madrid
Fotomecánica: PREIMPRESIÓN 2000
c/. Matilde Hernández, 34. 28019 Madrid
Impresión y encuadernación: LITOGRAFÍA ROSÉS, S.A.
c/. Energía, 11. 08850 Gavá (Barcelona)
Fecha impresion para Argentina:26.5.02
Distribuidor exclusivo para España: LOGISTA
Distribuidor para México: INTERMEX, S.A.
Distribuidores para Argentina: interior, BERTRAN, S.A.C. Vélez
Sársfield, 1950. Cap. Fed./ Buenos Aires y Gran Buenos Aires,
VACCARO SÁNCHEZ y Cía, S.A.
Distribuidor para Chile: DISTRIBUIDORA ALFA, S.A.

Capítulo Uno

En la oscuridad de una noche sin luna, las balas mordían la tierra y se incrustaban en los arbustos y árboles que lo rodeaban. Jeff Hunter sabía que el enemigo disparaba a ciegas. Escondido como estaba, con toda seguridad no podían verlo. Pero eso no significaba que uno de ellos no lograra dar en el blanco.

Con la cabeza baja, el fusil bien agarrado, utilizó los codos y rodillas para arrastrarse hacia la playa. La lancha de rescate lo esperaba. Sabía que el resto de su grupo de Reconocimiento ya estaba a bordo. Era el último hombre todavía en tierra. Como siempre.

Las explosiones en serie sacudían la noche. Jeff hizo una mueca burlona y continuó reptando entre las plantas, cada vez más cerca de su salvación. No miraba hacia atrás. No tenía que hacerlo. Conocía su oficio y lo hacía bien. Tal como estaba programado, las explosiones se sucedían a su alrededor, sembrando la destrucción por doquier. Las llamas iluminaban súbitamente la oscuridad, y Jeff podía distinguir sombras imprecisas que se movían cerca de él como almas en pena. «Misión cumplida», pensó.

Arrastrándose aún más rápido, ignoró el tableteo de las balas, el retumbar del infierno detrás de él y los gritos frenéticos del enemigo que lo buscaba entre la vegetación.

Al salir de la maleza, se puso de pie y, agachado, corrió velozmente los últimos metros que lo separaban de la lancha. Esa era la parte más peligrosa de la misión, porque no contaba con la protección de los arbustos. Una recta y desnuda franja de playa se interponía entre él y la seguridad. Doblado en dos, Jeff estableció un nuevo récord mundial de carrera. Guiado por el instinto, esquivó un par de cargas que detonaron en la noche calurosa.

A toda prisa, Jeff se internó en el agua y luego nadó hasta alcanzar la lancha de goma Zodiac, un fuera borda, que lo esperaba con el motor en marcha.

Unas manos ansiosas lo agarraron del chaleco Kevlar y lo alzaron a bordo de la Zodiac. Durante un minuto, quedó tendido cuan largo era mientras intentaba recobrar el aliento. ¡Lo había logrado! Y ahí estaba su equipo, sus amigos. ¡Diantre! Su familia, en suma.

–Te salvaste por un pelo, chico, aunque casi nos quedamos en la playa –refunfuñó Deke al tiempo que aceleraba precipitadamente. En su veloz recorrido, la lancha dejaba tras de sí una estela de espuma blanca.

¡Diablos!, sí que funcionaba bien la máquina. Cuando se acercaron a la playa habían tenido que remár, pero en ese momento, ya no importaba el ruido que hicieran.

Jeff miró al hombre con una sonrisa.

–Sí, sí. ¡Deja ya de gimotear! Mientras las damas estaban seguras a bordo, yo me empeñaba ahí abajo en salvar a la humanidad –gritó para hacerse oír por encima del ruido del motor.

Con la cabeza hacia atrás, Deke se echó a reír con unos gritos de alegría, como para celebrar que aún estaban vivos.

–Muy gracioso –J.T. bromeó a voz en cuello–. Y nosotros esperando al señorito, solo a él, amontonados en la lancha. Éramos un blanco tan fácil, que ni siquiera un recluta recién alistado hubiera podido errar. Y todavía nos insulta.

–Sí –Travis mantenía el fusil apuntado hacia la playa. Lo hacía para cubrir la retirada, por si algún enemigo, superviviente a las explosiones, disparaba sobre ellos–. Me parece que este tipo chochea de puro viejo. Tal vez deberíamos tirarlo por la borda y obligarle a nadar un poco.

Deke enfiló hacia el barco que aguardaba, casi invisible, a unos pocos kilómetros de la costa, a estribor.

–No –opinó, con la vista fija hacia adelante–. Algún tiburón podría arrancarle un pedazo y envenenarse. No me parece justo hacerle eso a un pobre bicho.

Jeff rio para sí y se recostó. Podía hacerlo; los muchachos controlaban bien la situación. En unos cuantos minutos los recogería el barco y, dentro de cinco días, todos estarían de permiso.

El primer permiso en una misión tan larga.

La luna se asomó tras una hilera de nubes, y a la lechosa luz, Jeff contempló las caras que lo rodeaban. La pintura de camuflaje oscurecía las facciones de sus compañeros, igual que las suyas. Los ojos y los dientes de todos resaltaban en la oscuridad. Bromas aparte, él les había confiado su vida. Como tantas veces.

Luego desvió la mirada al otro hombre sentado junto a ellos. Era la razón de la presencia del equipo en ese lugar. Era el hombre que habían ido a rescatar.

Un diplomático que había permanecido demasiado tiempo en un país hostil, y que de pronto se convirtió en persona *non grata*. Hacía un mes que el enemigo lo mantenía como rehén. Estaba claro que ya había perdido la esperanza de regresar a casa. Hasta que, una noche, Deke había abierto con un cuchillo la parte trasera de la tienda del prisionero. «Marines de los Estados Unidos», había susurrado.

Diantre, el hombre casi se había echado a llorar. Jeff habría podido jurar que si hubiera estado en su mano, los habría recibido con banda de música.

En ese momento permanecía sentado, inclinado hacia adelante, como si en esa posición pudiera apresurar su llegada al hogar.

Jeff lo comprendía. Él también tenía prisa por volver a los Estados Unidos. Habían pasado dieciocho meses desde su marcha. Dieciocho meses sin ver a Kelly.

En la oscuridad, acompañado del zumbido de los motores y del distante estruendo de las explosiones que rompían el silencio, Jeff se relajó por primera vez en diez horas y dejó vagar la mente. De vuelta a aquella noche. La última que había pasado con la mujer que se posesionaba de todos sus sueños.

Kelly se acercó, y él la atrajo más hacia su cuerpo al tiempo que sentía la tibieza de la piel desnuda contra la suya. Todo había sucedido durante un permiso de dos semanas. La historia empezó el primer día, cuando la había sacado del agua, inconsciente. Ese día ella practicaba surf; de pronto perdió el equilibrio y la tabla la golpeó en la cabeza.

Una vez en la playa, le había practicado la respiración boca a boca y, desde estonces, no habían dejado de practicarla. Nunca había experimentado nada parecido en su vida.

Ese tumulto de emociones. Esa maraña de sentimientos. Esa increíble mezcla de necesidad y deseo.

Y al fin llegó la última noche para ellos. En la madrugada tendría que embarcarse, sabe Dios a qué destino. Tampoco sabía cuándo podría volver. Jeff la mantenía estrechamente unida a su cuerpo, mientras intentaba borrar de su mente la imagen de la despedida.

—Estas dos semanas han pasado demasiado rápido —murmuró ella mientras sus dedos recorrían suavemente el vello del pecho de su compañero.

—Sí —Jeff aspiró el fresco aroma floral de su cabello—. Es verdad.

Ella alzó la cabeza para mirarlo.

—¿A qué hora debes marcharte?

A la tenue luz de las velas, la larga melena ensortijada resplandecía en diversos tonos dorado rojizos, que le hacían recordar los fuegos nocturnos—. Temprano. Debo presentarme a las seis en la base.

Ella echó un vistazo al despertador puesto en la mesilla de noche.

—Solo es medianoche. Todavía tenemos algunas horas.

—No son suficientes —declaró Jeff.

Había algo en esa mujer que le hacía olvidar

todo lo que existía en el mundo. Lo único que deseaba era permanecer encerrado con ella en esa habitación, y quedarse allí para siempre.

Pero eso no era posible. Así que lo mejor sería no perder el tiempo en deseos irrealizables. Jeff rodeó la cara de ella entre sus manos y con los pulgares le dio unos golpecitos en las mejillas. Luego se tendió sobre el cuerpo femenino.

—¿Me echarás de menos? —preguntó sumido en el color verde bosque de los ojos femeninos.

La comisura de la boca de Kelly se curvó en una sonrisa traviesa.

—Puede ser —murmuró al tiempo que sus dedos recorrían la espalda de Jeff y le hacían sentir un fuego abrasador—. Tal vez tú podrías volver a recordarme lo que voy a echar de menos.

—Creo que puedo —murmuró mientras le acariciaba los pechos.

—Sí —dijo ella entre suspiros—, ya empiezo a recordar.

Las palabras quedaron suspendidas en el aire durante un largo minuto. Él esperaba. Al fin ella abrió los ojos y lo miró.

—Volveré a ti, Kelly. No sé cuándo. Pero volveré.

Ella tomó la cara de él entre su manos y lo atrajo hacia su rostro.

—¿Prometido?

Él le besó la palma de la mano.

–Sí, amor mío. Prometido.

Luego la besó apasionadamente al tiempo que se obligaba a recordar ese instante. Recordarlo todo. Su aroma, su sabor, su contacto. Quería conservar todo claramente en la memoria para poder revivirlo, no importaba dónde estuviera o qué hiciera.

Ella suspiró y él aspiró ese aliento para llevarse una parte de ella en su interior. La caricia del beso se prolongó de mil diversas maneras mientras el fuego se apoderaba de ellos y amenazaba con devorarlos.

Las manos de Jeff se deslizaron por las curvas del cuerpo femenino; quería delinearlas, aprenderlas con sus dedos y grabarlas en la memoria. Mientras tanto, sentía que una mano de ella le recorría lentamente la espalda hasta posarse en los glúteos. Con los dientes apretados, intentó controlarse. Pero sus dedos eran un delicioso tormento, y ella lo sabía.

En un momento dado, Jeff le tomó la mano y la colocó en la almohada, junto a la cabeza.

–¿Algún problema? –preguntó ella con una chispa de fingida inocencia en los ojos.

–Ninguno –murmuró Jeff al tiempo que la cubría con todo su cuerpo.

–Me alegro –Kelly alzó las caderas para recibirlo gozosamente en su interior.

Las piernas de Kelly rodearon las caderas de

Jeff mientras enlazaba su cuello con ambos brazos. Ambos iniciaron un ritmo armónico, absolutamente compenetrados, cada vez más impetuoso, hasta que juntos alcanzaron las cumbres del placer.

Con ella, Jeff había encontrado algo inesperado. Algo que aún no podía precisar, ni siquiera qué hacer con él. Sin embargo, en un instante comprendió que era algo que no quería perder y que pronto iba a tener que abandonar.

Como una revelación cegadora, Jeff supo que separarse de ella sería la experiencia más difícil de su vida.

Y lo había sido. Dieciocho meses de infierno. Pero iba a regresar. Cumplía su promesa de volver. Y esperaba con ansia que ella también hubiera cumplido la suya. Sería un duro golpe haberla mantenido en el recuerdo durante tanto tiempo y que ella no le hubiera dedicado ni un solo pensamiento.

La lancha Zodiac chocó contra un costado del destructor, y el golpe sordo arrancó a Jeff de sus pensamientos.

Desde la embarcación lanzaron una escala de cuerdas. Mientras J.T. y Travis ayudaban al diplomático a trepar, Deke miró a Jeff.

—¿Otra vez pensando en esa mujer, chico?

Jeff le lanzó una mirada, aunque no hubiera debido sorprenderle la pregunta. Los compañeros habían oído mucho sobre Kelly en las largas noches inactivas, mientras esperaban que empezara el jaleo.

—Líbreme el cielo de estar pensando en tipos como vosotros.

—Adivino que es la dueña de tus pensamientos —afirmó Deke con una sonrisa—. Al menos por la forma en que hablas de ella. ¿Y esa pelirroja tuya tiene alguna hermana? —no era la primera vez que hacía la misma pregunta.

—No lo sé —replicó Jeff. Tenía que admitir que nunca habían hablado de sus respectivas familias—. Pero te lo haré saber.

—Bueno —dijo Deke mientras enrollaba una cuerda—. Cinco días más, y despertaremos en casa.

Jeff consultó su reloj. Eran las doce y diez.

—Cuatro días —corrigió al tiempo que se colgaba el arma en el hombro antes de empezar a subir la escala. Cuatro días más. Entonces despertaría, tomaría el primer vuelo a California y llamaría a la puerta de Kelly.

Con un breve balanceo de piernas, Jeff saltó a bordo. Le hizo muy bien la sensación de volver a pisar la cubierta de un barco. Luego, mientras ayudaba a sacar la lancha del agua, su mente volvió a retomar el hilo de los pensamientos.

Tras dieciocho meses de postales y una breve llamada telefónica, al fin podría abrazarla, besarla, saborearla. Entonces se encerrarían en la habitación de ella y solo saldrían de allí cuando se estuvieran muriendo de hambre.

Kelly Rogan miró la última postal de Jeff Hunter. Había sido enviada hacía más de dos semanas, no sabía desde qué lugar del mundo. Nunca le dijo dónde se encontraba. Al parecer, el destino de un marine era alto secreto. Pero al mirar las postales, a veces podía deducir de dónde provenían. Como por ejemplo, la vez que recibió una preciosa de la Torre de Eiffel. Pero la que tenía en las manos solo enseñaba palmeras y playas. Diantre, eso podía ser cualquier lugar entre Hawai, Fiji o Vietnam.

Sin embargo, no tenía importancia. Lo que importaba era el texto. Otra vez leyó las palabras, aunque las sabía de memoria.

Vuelvo a casa. Estaré allí a finales de marzo. Tengo treinta días de permiso. No puedo soportar más el anhelo de verte.
Jeff.

Finales de marzo. Eso significaba que a partir de ese día, podría llegar en cualquier momento. Y Kelly no estaba segura de saber cómo le afectaba la noticia. Después de todo, aquel permiso de dos semanas de Jeff había cambiado su vida para siempre.

Muchas veces, en los dieciocho meses pasados, había jugado al «que habría sucedido si». ¿Qué habría sucedido si no hubiera ido a practicar surf ese día? ¿Qué habría sucedido si Jeff no hubiera sido su salvador? ¿Qué habría sucedido si no hubiera mirado sus ojos azules?

En todo caso era un juego inútil. Se había internado en el mar. Casi se había ahogado. Jeff la había rescatado. Y por primera vez en su vida un tanto anodina, Kelly actuó espontáneamente. Había vivido el momento. Había tenido una aventura increíblemente apasionada, de dos semanas, con un desconocido alto y moreno. Y, como suele decirse, el resto era historia.

En ese momento, todo lo que importaba era enfrentarse a Jeff y contarle lo que no había sido capaz de decirle durante tanto tiempo. Kelly esperaba ser capaz de hablar, antes de que uno de sus hermanos decidiera matarlo.

Capítulo Dos

Jeff dejó el coche prestado en el estacionamiento del hotel Shore Breakers, dispuesto a caminar las cinco manzanas que lo separaban de la casa de Kelly. En esas estrechas calles, de una sola dirección, no era fácil encontrar estacionamiento, así que Jeff intentó disfrutar el paseo por el tranquilo barrio residencial. Para ser un hombre acostumbrado a misiones peligrosas en cualquier rincón del mundo, apreciaba la libertad de un tranquilo paseo por las tardes, sin tener que vigilar a sus espaldas.

Pero en ese momento no quería recordar su trabajo. Durante el próximo mes solo quería pensar en Kelly.

De pronto le llegó una suave brisa del mar. Jeff sentía que el viento lo empujaba, aunque no necesitaba más estímulos.

Poco antes, se había registrado en el hotel. Una vez en la habitación, dejó el bolso de viaje sobre la cama y partió de inmediato a casa de Kelly. Podría haberse quedado en la base, pero cuando estaba de permiso le gustaba olvidarse de todo lo relacionado con su trabajo. Después de dieciocho meses de malvivir en lugares indescriptibles, pensaba que podía permitirse algunos lujos. Como la Jacuzzi que había en el cuarto de baño.

Con una sonrisa apresuró el paso. Sí, quería ver a Kelly en esa inmensa bañera y hacer algunos experimentos bajo los chorros de agua.

Su cuerpo reaccionó de inmediato. Mejor sería controlar sus pensamientos o no podría seguir adelante. Sin embargo, le parecía que cuanto más se aproximaba a la casa de Kelly, más difícil le era pensar en algo que no fuera ella.

Unas risas lo sacaron de su ensoñación. Un grupo de chicos en monopatines pasaron a toda prisa junto a él. Sus risas inocentes quedaron suspendidas en el aire. Jeff ni siquiera recordaba haber tenido esa edad.

Tras su último hogar adoptivo, se había alistado de inmediato en el Cuerpo de Marines y nunca había vuelto la vista atrás. No valía la pena recordar el pasado. No había sido divertido, así que, ¿para qué diablos gastar el tiempo en recuerdos tristes?

Las casas aparecían alineadas, una junto a la otra, con pequeños patios delanteros. Aunque eran reducidas, el hecho de estar situadas a una manzana de la playa compensaba cualquier incomodidad. La mayoría tenía unos cincuenta años de antigüedad, aunque muchas habían sido remodeladas y convertidas en pisos de dos o tres plantas.

Era el típico barrio residencial, con demasiados vecinos, niños y perros, que Jeff habría evitado como la peste.

—No es nada bueno que un hombre se sienta más a gusto en un campo de batalla que en un vecindario —murmuró con una sonrisa.

Sin embargo, todo valía la pena con tal de ver a Kelly. Si estaba en casa. Si todavía se interesaba por él. Incluso, si querría recibirlo. Demasiados «sies», se dijo a sí mismo al tiempo que su mirada se detenía en la casa delante de él. Era el hogar de Kelly.

Se parecía a una casa de cuentos de hadas, incluso con redondas torrecillas. Kelly le contó que la había heredado de su abuela. Pero Jeff no podía imaginar a otra persona en ella. Le venía muy bien a su personalidad. Desde las flores y los setos cuidadosamente recortados, hasta las tejas de pizarra que revestían el tejado.

Abrió la verja de estacas de madera pintadas de amarillo. El crujido familiar de la puerta le hizo sonreír. Jeff observó que había un Explorer azul marino estacionado a la entrada. ¿Tenía visitas o se había comprado un coche nuevo? Demonios. Tal vez no debió haber dejado el mensaje que anunciaba su visita en el contestador automático. Debió haber hablado personalmente con ella. Quizá ella no tenía el menor interés en verlo.

Pero ya era demasiado tarde. Si estaba ocupada, se marcharía. Aunque también recordaba que Kelly no tenía inconveniente en hablar con claridad. Si no quisiera verlo, se lo habría dicho. ¿Y si el visitante era un nuevo novio? Bueno, si era así tendría que enfrentarse a los hechos. De todos modos había esperado demasiado tiempo como para volver al hotel sin siquiera haberla vislumbrado.

Así que, muy decidido, subió los dos escalones que lo conducían al porche y alcanzó el llamador con cabeza de dragón colgado de la pesada puerta de roble. Llamó dos veces, luego dio un paso atrás y esperó sonriente.

Cuando se abrió la puerta, la sonrisa desapareció de su cara. Todo el tiempo había soñado con ver aparecer a una menuda pelirroja con una sonrisa de bienvenida.

En su lugar, un marine de cabello oscuro y ojos verdes entornados lo miraba indignado.

—¿Tú eres Jeff Hunter?

Instintivamente, Jeff se puso alerta y también entornó los ojos. De acuerdo, por lo visto la reunión no iba a empezar como lo había planeado. Intentó echar una mirada al interior de la casa, pero el corpachón del hombre se lo impedía.

—¿Y tú quién eres?

El marine se puso rígido.

–Aquí el que pregunta soy yo. ¿Tú eres Jeff Hunter?

–Sí. ¿Qué pasa...?

El hombretón se movió tan rápido, que Jeff no tuvo tiempo de reaccionar. Antes de poder apartarse, un puñetazo en la cara le echó la cabeza hacia atrás y de inmediato sintió en la boca el sabor metálico de la sangre. Un latigazo de dolor explotó en su cerebro y los oídos empezaron a zumbarle.

Demonios, hacía años que no lo golpeaban de esa manera. Y generalmente, cuando sucedía, tenía alguna idea del por qué.

–Tenía ganas de conocerte –dijo el tipo, y salió de la casa al tiempo que balanceaba el puño cerrado como un martillo.

Pero Jeff ya estaba en guardia. Con la cabeza todavía punzante, esquivó el golpe y lo devolvió.

Su puño chocó contra el vientre del hombre.

–¿Quién diablos eres tú? –preguntó al tiempo que lanzaba otro puñetazo.

No hubo respuesta. El hombre se limitó a rodear el cuello de Jeff con el brazo y con un rápido movimiento lo hizo volar sobre el cuidado césped del patio delantero de la casa.

Jeff rodó sobre sí mismo y se puso en pie de un salto, preparado para el ataque o la de-

19

fensa. Después de todo, para eso lo habían entrenado. Pero normalmente le gustaba saber con quién peleaba.

De todos modos, no le sentaba bien pegar a un compañero, un soldado de la infantería de marina, un marine como él. Pero no tuvo más alternativa cuando el otro cargó contra él, con la cabeza gacha, como un toro. La embestida tiró a Jeff al suelo.

–Hasta aquí hemos llegado. Marine o no, verás lo que es bueno –prometió mientras se levantaba de un salto.

Los cuerpos se estrellaron con un ruido sordo y comenzó una serie de puñetazos que le dieron en la mandíbula, en el estómago y en la barbilla. Jeff se tragó el dolor, lo borró de su cuerpo, como le habían enseñado y dio más de lo que recibió.

Cuando le propinó un puñetazo en la cara, sintió una punzada de satisfacción al ver que el hombre echaba la cabeza hacia atrás.

–¿Ya tienes suficiente? –preguntó Jeff.

–Todavía no –contestó el otro.

Distraídamente, Jeff oyó el canto de los pájaros y el zumbido de una máquina cortacésped. «Todo esto es irreal», pensó. Eso no tendría que estar sucediendo. No había ido a ese lugar como guerrero sino como amante.

–¿Quién eres tú y dónde está Kelly?

–Kelly no es asunto tuyo.

–Yo digo que sí –soltó Jeff al tiempo que le lanzaba un golpe en la barbilla.

–Te equivocas –replicó el hombre antes de propinarle un puñetazo en la mandíbula.

Luego, cautelosamente, empezaron a hacer círculos sin dejar de mirarse. Cuando Jeff vio que se abría un espacio entre ellos, arremetió contra el hombre con tal violencia que lo dejó tendido en el suelo. Acto seguido, lo agarró por el cuello de la camisa del uniforme y alzó un puño amenazante a escasos centímetros de la nariz.

–De acuerdo –resopló Jeff, falto de aire–. ¿Me quieres decir por qué estamos peleando?

–Hijo de perra –refunfuñó el hombre al tiempo que intentaba alcanzar la garganta de Jeff–. El hecho de que no lo sepas es razón suficiente para continuar la pelea.

–¿Estáis locos? –gritó una voz familiar desde el porche.

Jeff volvió la cabeza para mirar a Kelly, instante que el otro aprovechó para propinarle un fuerte puñetazo en la mandíbula. Pequeñas estrellas relampaguearon ante los ojos de Jeff.

–¡Basta, Kevin! –Kelly se precipitó hacia el césped. Con las manos en las caderas, miró furiosa al hombre tendido en el suelo –. Deja de pegarlo. Te advertí que no quería peleas.

Jeff se frotó la mandíbula al tiempo que recorría con la lengua el interior de la boca en busca de alguna muela floja. Afortunadamente todo estaba en su sitio. Luego se volvió a mirar al hombre con una sonrisa salvaje.

—Me debes una —dijo al tiempo que lo soltaba.

—Cuando quieras —resopló el otro con una mirada asesina.

¿Qué demonios sucedía allí? ¿Por qué un compañero marine estaba tan deseoso de destrozarle la cara, un tipo que Jeff no había visto en su vida?

—No puedo creerlo —murmuró Kelly mientras miraba la calle de arriba abajo, sin lugar a dudas para comprobar si un vecino había presenciado la pelea.

A pesar de que el dolor apuñalaba el cuerpo de Jeff, sintió que le ardía la sangre ante la presencia de Kelly. Sí que estaba hermosa.

Llevaba una falda hasta los tobillos de un suave tono verde, que la brisa arremolinaba en torno a las piernas. La blusa amarilla de manga larga, dibujaba sus pechos, pequeños y perfectos, que Jeff sintió el impulso de acariciar. Largos rizos castaño rojizos se alborotaban en torno a la cabeza y los ojos verdes chispeaban indignados.

—Hola, Kelly —dijo y al instante sintió el impacto de su furia cuando alzó la mirada hacia él.

—Hola, Kelly, ¿eso es todo lo que tienes que decir? Te encuentro peleando con Kevin delante de mi casa y lo único que se te ocurre es «Hola, Kelly».

–Vete adentro, Kelly –ordenó el hombre–. Este es un asunto entre él y yo.

Sin pensarlo dos veces, ella le propinó una patada e hizo una mueca de dolor cuando el pie desnudo chocó contra la cadera del hombre.

–Por amor al cielo, Kevin –replicó al instante–. Deja de actuar como el padre puritano de una película pasada de moda.

–Maldición, Kelly...

–Te dije que quería hablar con Jeff a solas.

–Pero, ¿quién demonios eres tú? –interrumpió Jeff con una mirada llameante al hombre que había derribado al suelo de un golpe.

–Kevin Rogan, hermano de Kelly.

Hermano. Buenas noticias después de todo. Aunque, probablemente, golpear al hermano no era la mejor manera de impresionar a la mujer que no veía en un año y medio. Pero, al menos no era su novio.

Tras incorporarse, Jeff esperó a que el hermano hiciera lo mismo. La tensión todavía se mantenía entre ellos y Jeff percibía la ansiedad del otro por continuar la pelea. «Bien por él», pensó al tiempo que se le acercaba. Entonces, antes de que volvieran a empezar, Kelly se interpuso al tiempo que los separaba con las manos puestas en el pecho de cada uno.

–Se nota claramente que tenéis sobredosis de testosterona. Tranquilizáos de una vez, o marcháos.

–De acuerdo –accedió el hermano en tono inexpresivo–. Pero no me marcharé.

–Ni yo tampoco –replicó Jeff–. Me quedo aquí.

–Tú ya has estado antes aquí, ¿verdad? –dijo el otro con un bufido desdeñoso.

–¿Qué quieres decir?

–Mira, bastardo...

–Kevin –lo interrumpió Kelly con una seria mirada de advertencia.

Entonces, dándole la espalda, se volvió a Jeff.

–Me alegro de volver a verte –dijo con una sonrisa.

Kevin bufó otra vez.

–¿Estás resfriado? –preguntó Jeff y luego lo ignoró, concentrado en tocar el cabello de Kelly, alborotado por la brisa. Tenía que constatar que era tan suave y sedoso como lo recordaba.

Y lo era.

–Yo también me alegro de verte.

Valían la pena unos cuantos magullones y un dolor como de costillas rotas con tal de ganarse esa sonrisa.

–¿No nos vas a presentar, hermana? –Jeff oyó otra voz masculina que le llegaba desde el porche. Y se volvió.

Como una muralla de músculos, se alineaban tres hombres idénticos, con los brazos cruzados sobre el pecho. Y los tres lo miraban con hostilidad.

¿Qué sucedía allí?

—¿Más hermanos? —murmuró Jeff, más para sí mismo que para Kelly.

—Sí, pero después de los trillizos, ya no hay más. Tengo cuatro hermanos mayores que yo —explicó con un leve soplido que despejó unos rizos de la frente—. Tengo buena suerte.

Con los ojos puestos en los hombretones, Jeff pensó que tenía razón. Luego dirigió la mirada hacia Kevin, todavía en el suelo. Él también empezaba a sentirse muy afortunado.

Kelly alzó una mano y con un suspiro empezó a señalarlos.

—Jeff, estos son Keith, Kieran y Kincaid.

Todos lo miraban con el ceño aún más fruncido. En ese instante, Jeff deseó que Deke, J.T. y Travis estuvieran a su lado.

—¿También son marines?

—No, solo Kevin. Keith es policía; Kieran es contratista y Kincaid es... —Kelly hizo una pausa—. ¿Cómo podría llamarlo? ¿Espía, tal vez?

Por primera vez, Jeff percibió un resquicio humano en esa masa de músculos al ver que sonreía a su hermana.

—FBI, Kelly. No soy espía.

Ella se encogió de hombros.

–Bueno, lo que sea. Chicos, ¿por qué no os perdéis de vista mientras hablo con Jeff?

–No iremos muy lejos –refunfuñó Kevin al pasar junto a su hermana no sin antes lanzar una mirada llameante a Jeff.

Luego le hizo una seña a sus hermanos, y los cuatro entraron en la casa.

¿Que habría hecho para que los cuatro estuvieran tan furiosos con él? ¡Demonios, si había estado ausente del país durante un año y medio!

–Intenté deshacerme de ellos, pero cuando supieron que venías, no conseguí moverlos de aquí.

–Ellos no me preocupan. He venido a verte a ti. Ha pasado mucho tiempo, Kelly.

–Sí, ha sido muy largo –Kelly le sonrió.

–Estás preciosa –dijo al tiempo que le acariciaba la mejilla. Su piel era suave y cálida.

Bastó ese ligero toque para que se le encendiera la sangre. Y si no hubiera tenido ese pelotón de hermanos a tiro de piedra, le habría demostrado en el acto cuán feliz se sentía de verla. Así como estaban las cosas, tendría que esperar o deshacerse de ellos.

Con una especie de suspiro tembloroso, Kelly le hizo ver en silencio que estaba tan afectada como él. Con las mejillas sonrojadas, le devolvió la mirada. El color verde se había tornado casi gris. Un matiz de color que él recordaba claramente.

Pero había algo diferente en ella. Su cuerpo se había redondeado, las líneas eran más suaves. Estaba como para comérsela. Y él era un hombre de buen apetito.

–¿Qué? –preguntó Kelly con la cabeza ladeada–. Me miras de un modo... extraño.

–Intento adivinar qué hay de diferente en ti, pero no logro conseguirlo.

–¿Diferente?

–No es un cambio para mal, cariño –dijo mientras la acercaba a él para besarla–. Solo es que percibo en ti algo diferente.

Kelly apoyó las palmas de las manos sobre el pecho de Jeff y se inclinó hacia él. Jeff sintió el calor de sus manos hasta en los huesos y, por primera vez en tan largo tiempo, se sintió revivir.

El perfume de ella lo embriagaba. Tantas noches que había soñado con ese momento. Sus manos sobre el cuerpo de ella y sentir su aliento sobre la piel.

Tras rodearle el rostro entre las manos, le acarició las mejillas con los pulgares mientras paseaba la mirada sobre sus facciones. Era más hermosa de lo que recordaba. Kelly le cubrió las manos con las suyas.

–Jeff, siento lo de Kevin.

Él le sonrió. Con ella a su lado, le importaba

muy poco la actitud hostil de un puñado de hermanos.

—No es nada —dijo e inclinó la cabeza en busca del beso con el que tanto había soñado.

Ella se puso de puntillas para corresponder la caricia.

Suavemente al principio, como para recordarse a sí mismo el sabor de su boca, Jeff se entregó de pronto a la necesidad que clamaba en su interior y la besó con pasión. Ella entreabrió los labios y Jeff exploró su boca mientras sus manos recorrían la espalda, ciñéndola aún más contra su cuerpo.

Kelly lo abrazó estrechamente, consciente de la deliciosa sensación de tenerlo de vuelta en casa. Vivo. La magia de su caricia recorrió el cuerpo de la joven y se dijo a sí misma que no había imaginado que pudiera ser así. Había pasado tanto tiempo, que casi se había convencido de que lo que había sentido en los brazos de Jeff no podía ser verdad. Sin embargo, ahí estaba, y otra vez su cuerpo ardía de deseo.

El sonido de la risa de un niño hizo que Kelly se separara de él, muy a su pesar. Después de todo, con la pelea y luego con el beso, habían dado suficiente espectáculo a los vecinos.

Además había otras cosas que contar.

—Jeff...

—¿Sí? —dijo mientras le acariciaba el cuello.

–Entra en casa –dijo Kelly al tiempo que lo tomaba de la mano.

Jeff dejó escapar una breve risa.

–¿Para encontrarme con ese cuarteto? ¿Tengo que volver a pelear con ellos?

–No te preocupes. Los conozco bien. Ladran pero no muerden.

Jeff se frotó la mandíbula, atribulado.

–¿Estás segura, cariño?

–¿Quieres decirme que un marine no es lo suficientemente duro como para habérselas con tres civiles y un sargento?

–Si es un desafío, dalo por hecho, mi amor.

Capítulo Tres

El interior de la casa estaba tal cual lo recordaba. Siempre había pensado que se parecía un poco a una casa de muñecas. Las habitaciones eran pequeñas y agradables. Había flores en todas las mesas, y cojines de alegres colores en los sillones. El ambiente era fresco, acogedor, con un suave aroma a lavanda. Las paredes de color celeste recordaban un suave día veraniego, y el mobiliario invitaba a instalarse cómodamente.

Sin embargo, los cuatro grandes hermanos que lo miraban ceñudos, empañaban la bienvenida al hogar.

No tenía idea de lo que había hecho para merecer tanta hostilidad, pero no pensaba retroceder. Jeff se enderezó al tiempo que alzaba la barbilla magullada. El beso de Kelly lo impulsaba a enfrentarse a cualquier cosa con tal de estar con ella.

Sin darse cuenta, adoptó la misma actitud de los hermanos: las piernas separadas, los brazos cruzados sobre el pecho y un brillo desafiante en los ojos. Estaba dispuesto a pelear con cada uno o con todos a la vez.

–Kelly, pienso que deberíamos... –Kevin alcanzó a decir.

La mirada de Jeff se desvió hacia él y no pudo evitar sentirse satisfecho al ver el labio partido y un ojo que empezaba a ponerse morado.

En un sillón había una gorra militar que Jeff conocía bien. Así que Kevin era instructor. Debería haberlo adivinado cuando lo oyó hablar la primera vez. Tenía la voz ronca, acostumbrada a gritar, y hablaba a su hermana como si diera órdenes a un batallón de reclutas.

Y por lo que recordaba del temperamento de Kelly, valía la pena observar su reacción.

–Kevin –interrumpió airada–. Creo que ya has hecho suficiente por hoy.

–Oye, Kevin no tiene la culpa –le recordó uno de los trillizos.

–¿De veras? –Kelly se volvió a él como una serpiente–. ¿Quién empezó la pelea?

El hombretón retrocedió un paso y Jeff disimuló una sonrisa. Diantre, era divertido ver a Kelly en acción. Para ser tan menuda, reunía el carácter de tres mujeres juntas. Y era un espectáculo entretenido verla desplegar ese temperamento sobre sus despóticos hermanos.

Sin embargo, no iba a quedarse quieto allí mientras ella lo defendía contra su propia familia.

–Cualquiera que sea el problema que tenéis conmigo, me encantaría solucionarlo personalmente –declaró al tiempo que miraba fijamente los ojos inexpresivos de Kevin.

–Cuando quieras, sargento –replicó el hombre.

–Muy bien. Vamos –murmuró Jeff, dispuesto a terminar lo que habían empezado afuera.

–Nadie irá a ninguna parte –ordenó Kelly.

–Kelly –Kevin habló con voz de instructor–. Hace mucho tiempo que hemos esperado poder hablar con él.

–Yo también –replicó ella.

–Bueno, aquí estoy –dijo Jeff al tiempo que paseaba la mirada de Kevin a Kelly. Todos estaban muy ocupados hablando de él, pero nadie lo interpelaba directamente. Jeff se inquietó. Era evidente que algo sucedía y quería saber qué era–. ¿Qué os parece si alguien me cuenta qué está sucediendo aquí?

Kelly se volvió a él, y por primera vez observó una leve tensión en sus rasgos. Estaba preocupada. ¿Pero acerca de qué?

Kevin volvió a abrir la boca, pero Kelly lo fulminó con la mirada.

–Esto no es lo que yo había planeado –dijo con los ojos fijos en Jeff–. Quiero que lo sepas. Intenté alejarlos de aquí, pero fue imposible.

Jeff ignoró a los hermanos, asunto nada fácil porque ocupaban casi todo el espacio de la pequeña habitación.

—Olvídalos, Kelly. Háblame a mí —dijo con los ojos clavados en ella.

Kelly aspiró un poco de aire y lo expulsó de golpe, alborotando un rizo de la frente.

¿Cuántas veces había recordado ese pequeño gesto tan característico en ella?

¿Cuántas noches había soñado con estar allí... en esa casa... acompañado de esa mujer? Bueno, estaba allí, pero la realidad nada tenía que ver con sus sueños.

Kelly asintió con la cabeza.

—Tienes razón. Esto es un asunto entre tú y yo, a pesar de lo que ellos piensen —declaró al tiempo que lanzaba a sus hermanos una mirada de advertencia.

Acto seguido, tomó la mano de Jeff y lo condujo en dirección a los dos pequeños dormitorios de la casa. Jeff sentía que las miradas de los hermanos le acribillaban la espalda, pero se esforzó por ignorarlos.

De pronto recordó que la última vez que había transitado por ese corredor llevaba a Kelly en sus brazos, con la cabeza apoyada en su pecho. Recordaba con alegría cómo la había acomodado en la cama y los brazos acogedores de Kelly habían estrechado su cuerpo.

Fue la última noche que pasaron juntos. Una noche que se había prolongado hasta la mañana. Una noche grabada en su cerebro con tal precisión que, incluso en ese momento, con los hermanos pegados a sus talones, sintió una ola de deseo tan intensa que casi lo doblegó. Jeff tuvo que sobreponerse porque las circunstancias eran muy diferentes.

De pronto, llegó a sus oídos un leve sonido musical junto a un aroma que no reconoció de inmediato. Era suave y agradable, incluso lejanamente familiar. A sus espaldas, podía oír los pesados pasos de los cuatro hombres. Jeff volvió a desear tener un arma o a su equipo junto a él.

Pero sentía los cálidos dedos de Kelly en la mano, y en lugar de perder el tiempo pensando en los hermanos, decidió concentrarse en la mujer que caminaba delante de él. Su mirada se posó en las caderas que se balanceaban a su paso, y volvió a encenderse de deseo. Lo que había entre ellos era muy fuerte, pensó en ese instante, incluso como para surgir en presencia de esa familia tan hostil.

El beso de Kelly le había abierto el apetito. Sabía que no se sentiría feliz hasta que no estuviera junto a ese cuerpo y su tibieza disipara toda la oscuridad que albergaba en su interior. Era la única mujer que podía lograrlo. Solo con ella había encontrado la paz, quizá algo obvio para la mayoría de la gente.

Jeff no era un hombre de planes para el futuro. Desde hacía mucho tiempo había aprendido a contar solo con el presente. Programar un futuro que tal vez no llegaría, era completamente inútil. Pero, durase lo que durase, quería compartir todo ese tiempo con Kelly. Deleitarse con todo lo que descubriera junto a ella. Y cuando todo hubiera terminado, podría recordar que hubo un tiempo, muy breve, en que no se sintió solo.

Por encima del hombro, Kelly le dirigió una sonrisa que iluminó su espíritu como un fuego a medianoche. Y los malos pensamientos desaparecieron de su cabeza. Todo lo que deseaba, todo lo que necesitaba, era ella. Su contacto, su sabor. Temblaba de deseos de tocarla. «Bueno, primero vamos a aguantar el espectáculo y luego enviaremos a los hermanos de paseo», pensó Jeff

Kelly abrió una puerta y lo empujó con suavidad dentro de una pequeña habitación, con paredes de un suave tono amarillo, donde súbitamente se apagaron las fantasía sexuales de Jeff.

Lo primero que vio fue la cuna, y al instante sintió que se le apretaba el pecho. Pero antes de poder preguntarse por qué demonios Kelly tenía una cuna en su casa, dos pequeños puños se agarraron con fuerza a los barrotes y Jeff vio al bebé que torpemente se ponía de pie. Y allí estaba: el cabello oscuro, ojos azules, una gran sonrisa y un hilillo de baba que le corría por la comisura de la boca. El bebé los miró, rebotó un par de veces, dejó escapar una risita y cayó sobre el colchón de la cuna.

Jeff notó que se le secaba la boca. Luego lanzó una mirada a Kelly.

–¿Qué...? –y no pudo continuar.

¿Qué diablos podía decir? ¿Kelly era la madre? ¿Estaba casada también? Su mirada voló al dedo anular, donde no había anillo, y pensó que debería sentirse aliviado. Sin embargo, todavía quedaban muchas preguntas sin respuesta como para sentirse más tranquilo. Si tenía un hijo, ¿dónde estaba el padre? ¿Y cómo esperaba ella que reaccionara? ¿No podía haberlo preparado un poco antes de darle tamaña sorpresa?

–Jeff, esta es Emily –la voz de Kelly era suave, íntima.

–Emily –repitió Jeff con dificultad.

Entonces reprimió una especie de indefinible emoción que se le anudaba en la garganta. Sabía que aún había más. Podía sentirlo en el aire. Y se preparó para ello.

Y aunque se creía preparado, las siguientes palabras de Kelly hicieron explotar el mundo bajo sus pies:

–Es tu hija.

Jeff sintió que se le cortaba la respiración, como si le hubieran propinado un golpe en el pecho.

De acuerdo, no esperaba todo eso. Pero explicaba claramente la actitud de los hermanos hacia él.

Si ese bebé era suyo, probablemente los cuatro hermanos querrían matarlo. Y no encontraba dentro de sí ninguna razón para culparlos.

Jeff sintió un nudo en el estómago. ¡Su hija! No podía ser padre. Era un marine. ¿Y todavía padre de una niña? ¿Qué demonios sabía de niñas, excepto, desde luego, lo relativo a niñas bastante más crecidas? No, debía de haber un error.

—¿Mi hija?

—Sí, tu hija. ¿Qué piensas hacer al respecto? —preguntó Kevin desde el umbral de la puerta.

De acuerdo, comprender una justa indignación era una cosa; hacerse a la idea, era otra. Jeff se volvió hacia él.

—Demonios, ¿por qué no me concedéis diez segundos para acostumbrarme a la idea, eh?

—¿Acostumbrarte a qué idea? El asunto está claro. Tienes una hija. A menos que intentes negarla —argumentó el otro.

—¡Maldita sea, Kevin! —Kelly se precipitó hacia su hermano y lo empujó apoyando ambas manos contra el fornido pecho. Lo único que logró fue hacerle retroceder un par de pasos y nada más.

—Esto es un asunto familiar —intervino otro hermano, en un tono neutral—. Tenemos el derecho a oír lo que tiene que alegar.

Jeff se anticipó a la negativa de Kelly.

—Es una idea. Tenéis todo el derecho de querer hablar conmigo sobre esto —declaró con firmeza. Kevin lo miró sorprendido, pero asintió con la cabeza con evidente agrado. Hasta que Jeff volvió a tomar la palabra–: Pero, antes que nada, Kelly y yo vamos a hablar. Solos.

–Exactamente –Kelly movió las manos en señal de que salieran de la habitación–. Quiero que os marchéis de aquí y nos dejéis solos un momento.

–De acuerdo. Nos vamos. Pero esto no ha terminado –advirtió uno de los trillizos.

Cuando se hubieron retirado, Jeff se volvió a la cuna. Tenía que borrar a los hermanos de sus pensamientos y concentrarse en el giro que acababa de tomar su vida.

Tenía una hija.

Ni por un segundo se le ocurrió dudar de la palabra de Kelly. No era el tipo de mujer capaz de mentir en un asunto de esa envergadura. Si ella aseguraba que él era el padre, entonces lo era.

¿Pero cómo podía haber sucedido?

Habían sido muy cuidadosos. Todo el tiempo que estuvieron juntos habían utilizado contraceptivos. Así que, ¿cómo pudieron haber engendrado una criatura? Esa clase de cosas no le sucedía a adultos responsables. Los bebés sorpresa eran cosa de adolescentes con más hormonas que sentido común.

Jeff se quedó mirando a Kelly en busca de alguna señal que le asegurara que nada de eso era cierto. Tal vez trabajaba como canguro, le sugirió una vocecilla interior. Pero no, el dormitorio era una versión perfecta de una habitación infantil. Entonces, simplemente era una broma. De mal gusto, por supuesto. Pero no encontró ninguna chispa de travesura en los ojos de la joven. Solo la misma tensión que había observado anteriormente.

El bebé volvió a gorjear y los pies de Jeff sintieron el impulso de sacarlo fuera de la habitación. El suave tono de las paredes reflejaba la luz del sol que se filtraba por las ventanas. Había ositos de peluche y muñecas esparcidos por el suelo. Pequeños hipocampos, colgados de un móvil, bailaban sobre la cuna al compás de la suave melodía que había escuchado anteriormente.

El pánico lo invadió. Un bebé. En casa de Kelly. Una pequeña de pelo negro y ojos azules, muy parecida a él.

Jeff se acercó a la cuna. Con los puños aferrados al barrote, contempló al bebé confundido y un tanto atemorizado.

La pequeña pateó el aire con las piernas, alzó los brazos hacia él y le dirigió una sonrisa que lo aterrorizó y a la vez lo conmovió más de lo que hubiera creído posible.

Tenía una hija.

Que Dios la protegiera.

Al verse a solas con Jeff, sin la presencia de los hermanos, Kelly al fin pudo respirar con más calma. El episodio de por sí había sido duro, y más aún en presencia de cuatro hombres dispuestos a tomarse la justicia por su mano.

Pero aun a solas con él, la incomodidad la invadía. Todo era bastante más difícil de lo que había imaginado. El aspecto de Jeff era el de un hombre que acababa de sufrir un duro golpe en la cabeza. Y ella no podía culparlo.

–Comprendo que para ti esto es una verdadera conmoción. Lo siento.

Jeff movió la cabeza de un lado a otro.

–Conmoción no es la palabra apropiada –murmuró.

–Debí habértelo dicho antes –Kelly cruzó la habitación y se puso junto a él–, pero no hubo manera de comunicarse contigo.

Kelly volvió los ojos hacia su hija y el corazón se le derritió, como siempre le ocurría cuando la miraba.

Era sorprendente la ternura que podía provocar una cosita tan pequeña como un bebé.

Desde que se enteró de su embarazo, Kelly sintió un inmenso amor por su futuro hijo. Un sentimiento tan poderoso como nunca hubiera podido imaginar. Y había deseado contárselo a Jeff. Pero, desde el principio de la relación, él le había dicho que era miembro de las Fuerzas de Reconocimiento de la Infantería Naval, que siempre estaba en movimiento. Siempre comprometido en acciones bélicas, entrando y saliendo de situaciones muy hostiles.

Tenía todas las postales que le había escrito en ese tiempo, pero en ninguna aparecía una dirección. No hubo modo de comunicarse personalmente con él. Y cuando al fin pudo ponerse en contacto con la base, se limitaron a decir que Jeff se encontraba en una misión.

–Pero yo te llamé por teléfono –Jeff le lanzó una breve mirada–. Hace seis meses te llamé desde Guam.

–Una llamada de cinco minutos, Jeff –le recordó–. Cinco minutos en una línea cargada de ruidos.

Recordaba muy claramente esa conversación telefónica. El sonido de la voz e Jeff, tan lejano, tan débil. La explosión de ruidos que amenazaban con cortar el sutil lazo de comunicación entre ellos. Había tenido tanta necesidad de contárselo. Que supiera de la existencia de Emily. Pero, ¿cómo hubiera podido hacerlo, cuando estaba tan lejos, metido en Dios sabe qué clase de peligros?

No había querido distraerlo. Ser la causa de que resultara herido o muerto en alguna misión porque su mente se encontraba en otro lugar.

Las manos de Jeff apretaron el borde de la cuna hasta que los nudillos se blanquearon.

–¿Cuánto se tarda en decir: «Tenemos una niña»?

Una ola de rabia se apoderó de Kelly.

–Más de cinco minutos. No podía limitarme a anunciar la existencia de Emily y ser incapaz de hablarte de lo ocurrido.

–Maldición, Kelly, tenía derecho a saberlo.

–No lo niego. ¿Pero cómo podía comunicarme contigo?

Jeff dejó escapar una gran bocanada de aire y le lanzó una mirada.

–De acuerdo. No hubo manera de decírmelo antes. ¿Pero cómo sucedió?

Ella echó la cabeza hacia atrás.

–¿Cómo? Por amor a Dios, Jeff, hicimos el amor casi todos los días durante dos semanas.

–Pero utilizamos preservativos.

–Al parecer, uno de ellos no funcionó.

–¿No funcionó? Pero si esa es su única misión.

Kelly se echó a reír. ¿No se había hecho la misma pregunta miles de veces cuando supo que estaba embarazada? Pero preguntarse por el cómo no iba a resolver las cosas. Era un poco tarde para lamentarse de la ineficacia de un preservativo.

–Bueno –dijo al tiempo que le sonreía a su hija–. Ahora eso ha dejado de tener importancia, ¿no te parece?

Jeff suspiró y también dirigió su mirada a la pequeñita que los contemplaba con sus grandes ojos azules.

–Tienes razón. Pero, maldita sea, Kelly. Esta no es exactamente la clase de reunión que yo esperaba.

–Ya lo sé –dijo con una mano sobre la del marine.

De pronto, Jeff se echó a reír.

–Bueno, al menos ahora comprendo por qué tu hermano quería partirme la cabeza.

Pero Jeff no sabía ni la mitad de la historia. Cuando sus hermanos supieron que estaba encinta, los cuatro rabiaban por ponerle las manos encima a Jeff.

–Siento lo de Kevin, pero mis hermanos siempre han intentado protegerme, incluso contra mi deseo.

–No puedo culparlos –Jeff le acarició la mejilla antes de dejar caer la mano a un costado–. Si yo estuviera en sus zapatos, también haría lo mismo.

–Pero, por mucho que quiera a mis hermanos, no importa lo que ellos digan. Emily es nuestra hija. Nosotros hemos de decidir lo que hay que hacer y dónde iremos desde aquí.

–Tienes razón –Jeff asintió con la cabeza–. Desde aquí iremos al juez de paz más cercano.

–¿Qué dices?

–Que nos vamos a casar.

43

Capítulo Cuatro

Esa era una palabra que Jeff nunca había pensado utilizar en una frase.

Casarse.

Mientras se frotaba la mandíbula, miró los ojos verde mar de Kelly. Nunca en su vida había considerado la idea de contraer matrimonio. Había pasado la mayor parte de su niñez en un hogar de adopción del condado, lleno de gente. Y cuando finalmente lo colocaron en una casa familiar, comprobó personalmente las miserias de un matrimonio mal avenido.

Apenas cumplió los dieciocho años se marchó de esa casa para alistarse en el Cuerpo de Marines. Y allí encontró su lugar en el mundo. El único sitio al que verdaderamente pertenecía. La noción del honor y la del deber habían influido decisivamente en la formación de su personalidad: le habían otorgado la seguridad que siempre había anhelado. Jeff se había especializado en puntería y manejo de explosivos. Eventualmente se había ganado un lugar en las Fuerzas de Reconocimiento del Cuerpo.

Era un trabajo importante y una vida peligrosa. Un tipo de vida que le impedía mantener relaciones sentimentales con vistas a formar un hogar. Sin embargo, ese impedimento nunca había sido un problema para él. Porque nunca había tenido a nadie importante en su vida, hasta que conoció a Kelly.

¿Y la paternidad? Bueno, en su mente eso iba unido al matrimonio. Había sido el hijo no deseado de una madre soltera y no pensaba legar esa carga a un inocente hijo propio.

No. Emily era su hija. Iba a comportarse con ella como era debido.

Kelly movió la cabeza de un lado a otro.

—No nos vamos a casar.

—Por supuesto que sí. Tan pronto como arregle las cosas.

—Escucha, Jeff.

—No —la interrumpió rápidamente. Sabía que era su obligación. Había dejado a Kelly sola con esa pesada carga dieciocho meses atrás. De acuerdo, lo ignoraba. Pero a partir de ese momento, iba a estar a su lado cuando lo necesitara.

Había pensado tanto en ella durante ese tiempo. Su imagen llenaba todos sus sueños. Le había enviado postales de cada lugar por el que pasaba; por primera vez en su vida contento de tener a alguien a quien escribir. No le había importado no poder recibir cartas de ella. Le bastaba saber que Kelly existía. Que estaba en casa. Segura. Había disfrutado con la idea de que ella lo añoraba. ¿Cuántas veces se había preguntado si lo extrañaba tanto como él a ella?

Bueno, ya sabía que no podía haber dejado de pensar en él. Albergaba en su seno un recuerdo vivo, las veinticuatro horas del día.

Y en su interior, una parte de sí mismo se sentía agradecida de que ella no hubiera puesto fin al embarazo. Se le hizo un nudo en la garganta e intentó disiparlo. La única manera de ganar una batalla era mantener la mente clara y, a juzgar por la mirada de Kelly, iba a haber guerra.

—Jeff, el matrimonio no es la respuesta a la cuestión.

—¿Cuál es, entonces? —con el rabillo del ojo Jeff vio que Emily se ponía en pie de nuevo. «Es fuerte, saludable y endiabladamente preciosa», pensó.

Kelly abrió la boca y la cerró en el acto. Luego alzó ambas manos, las dejó caer a los costados y optó por encogerse de hombros.

—Ni siquiera sé si hay una respuesta. Solo quería que supieras de la existencia de Emily. Quería que formaras parte de su vida, si lo deseabas, claro está.

—¿Si yo lo deseo...? —preguntó incrédulo. ¿Es que realmente pensaba que él iba a huir al verse de frente a la criatura que había engendrado? ¿Tan mal pensaba de él?

–Escogí mal la palabra –dijo ella con un gesto conciliador–. Desde luego que lo deseas. Todo lo que quise decir es que ella merece conocer a su padre.

«Seguro que sí», se dijo Jeff. ¿Pero qué pensaría de un hombre que no tenía la menor idea de cómo ser el padre que ella se merecía? ¿Tal vez no sería lo suficientemente bueno?

El bebé le golpeó las manos, todavía aferradas al barrote de la cuna. Los ojos de Jeff se quedaron prendidos en los ojos azules de la pequeña, tan parecidos a los suyos. Una mano invisible apretó su corazón hasta hacerle daño.

En ese momento, Emily lo agarró de la camisa y levantó un pequeño pie con la intención de trepar por lo barrotes que la encarcelaban. Ella quería salir de allí y él quería sacarla de la cuna.

Aquello que lo había impactado con tanta fuerza era un misterio para Jeff pero, sin pensarlo dos veces, se rindió a la niña y a su propia tentación. Entonces la sacó de la cuna. Con unas patagitas al aire se apegó a él, confiada en que los fuertes brazos la iban a sostener con seguridad.

Y con un gesto tan simple como ese, Emily se ganó el corazón de Jeff Hunter. Y ese corazón, que Jeff creía tan protegido contra el amor, se agitó con sentimientos tan profundos, que no supo qué hacer con ellos. Lo mismo que no sabía qué hacer con Kelly.

Su proposición de matrimonio no había sido muy romántica. Pero nunca antes lo había hecho.

Con una brazo acunó a su hija y la mano libre la mantuvo en la espalda de Kelly, con la esperanza de que no se arrepintiera. En ese instante, reconoció que el olor que le pareció vagamente familiar era el de los polvos de talco para bebé. Jeff se volvió a mirar a Kelly.

La luz del atardecer se filtraba por las ventanas y le encendía los cabellos rojizos. Una leve sonrisa curvaba sus labios, y una inconfundible emoción le empañaba los ojos al verlo con su hija en brazos.

—Se ve que le gustas.

—Kelly...

—No empieces otra vez con la historia del matrimonio, por favor, Jeff.

—¿Realmente creíste que no iba a querer casarme?

—No sabía qué pensar —confesó entre risas—. Jeff, apenas nos conocemos.

Él no lo creía. En las dos semanas pasadas junto a Kelly, se había sentido más unido a ella que con ninguna otra persona en su vida. Y sabía que ella había sentido lo mismo. ¿Qué otra razón podría haber para que dos perfectos desconocidos hubieran pasado cada minuto de vigilia sin separarse?

De acuerdo, también existía el aspecto de la atracción física, que había sido sorprendente. Pero hubo algo más profundo que el simple acto del amor físico. Habían conversado largas horas en la playa. Ella le había hablado sobre su trabajo como educadora infantil, y él le había contado todo lo que sabía de los marines, de lo que significaba para él pertenecer al Cuerpo. Tal vez no lo sabían todo el uno del otro, por ejemplo no recordaba nada acerca de que tuviera hermanos; pero no había sido un encuentro casual. Tenía mucha experiencia en ese tipo de relaciones como para saber hacer la diferencia.

–Tú lo sabías, Kelly. Sabías que querría casarme contigo –dijo suavemente, desafiándola a negarlo.

Ella dejó escapar un hondo suspiro.

–Sí. Creo que sí lo sabía –admitió.

Después de todo, su hermano Kevin era un marine, y eso era exactamente lo que habría hecho en la misma situación. Y precisamente había insistido todo el tiempo en que Jeff tenía que casarse apenas volviera. «Los marines martillean noche y día en la cabeza de sus miembros la idea del honor y el deber», se dijo Kelly.

Pero desechó el pensamiento. No era la institución la que hablaba allí. Era Jeff. Desde el primer momento se había percatado de que era un hombre decente y responsable. Era natural que le propusiera matrimonio. Como para ella era natural el hecho de rechazarlo.

–Entonces, ¿cuál es el problema? –preguntó Jeff.

Kelly echó la cabeza hacia atrás para mirarlo mejor.

–El problema es que la niña no es razón suficiente para que nos casemos.

Él se echó a reír.

–No sé por qué.

–Porque nos casaríamos por razones equivocadas,

–¿Proteger a Emily es una razón equivocada?

–Desde luego que no –replicó al instante, y bajó la voz cuando la niña abrió los ojos con una mirada confusa–. Pero no hace falta que nos casemos para proteger a nuestra hija.

–Pero sí para protegerla de los errores que nosotros cometemos.

–¿Como por ejemplo?

Jeff apretó los dientes.

–Como por ejemplo evitar que la llamen bastarda –soltó.

Kelly lo miró con fijeza. ¿Hablaba en serio?

–Por amor a Dios, Jeff. No estamos en los años cincuenta. Eso ya no es un estigma.

Él desvió la mirada hacia la pequeña.

–Tal vez no para los adultos, pero los niños saben muy bien cómo hacerse daño entre ellos.

El viejo dolor apareció unos segundos en su rostro y desapareció tan rápido, que Kelly no pudo asegurar haberlo visto. Pero el tono de su voz la convenció de que hablaba por propia experiencia.

–Podemos quererla lo suficiente para que eso no le importe –insistió con una mano en el brazo de Jeff.

–Sí que le importará –replicó Jeff con suavidad–. No dirá nada, pero siempre lo tendrá presente.

El corazón de Kelly sufría por el muchachito que una vez Jeff había sido, pero eso no significaba que a Emily le fuera a ocurrir lo mismo. Ella daría seguridad a su hija. Ella le proporcionaría un hogar cálido, lleno de amor. Y no necesitaba un marido para hacerlo.

Toda su vida había estado rodeada de hombres que intentaban decirle lo que tenía que hacer y cómo hacerlo. Desde muy joven había tenido que aprender a defenderse por sí misma, a resistir tiránicas actitudes bienintencionadas, y no estaba dispuesta a volver atrás. Lo único que no necesitaba para nada en su vida eran órdenes de otro hombre más.

–Entonces tendré que enseñarle a ignorar a esa gente.

–Maldición, Kelly –dijo Jeff al tiempo que apartaba la mirada de la niña agarrada a su pecho–. Nosotros hicimos a esta criatura. Es nuestra responsabilidad cuidar de ella.

Kelly sofocó un suspiro de fatiga. Era difícil combatir el sentido del honor de un hombre. Pero ella no sería la píldora que él tendría que tragarse. La medicina que tenía que tomar.

–Jeff, tú no me debes nada. Soy perfectamente capaz de criar a Emily por mi cuenta.

–No he dicho lo contrario.

–Lo sé, pero no me escuchas. No quiero nada de ti. Solo deseaba que conocieras a tu hija.

–Kelly...

Ella negó con la cabeza, con la esperanza de que dejara de discutir, de que aceptara su decisión. Pero tenía la impresión de que iba a ser tan difícil como ver llover en el desierto.

Una parte de ella deseaba que las cosas fueran diferentes. Esas dos semanas junto a Jeff habían sido mágicas. Nunca antes se había sentido tan compenetrada con un hombre. Fue como si hubieran quedado unidos desde el momento en que la sacó desvanecida del agua y la devolvió a la vida. La había tocado de muchas maneras. La última mañana, sintió una profunda aflicción al verlo marcharse. Durante todo el tiempo recordó cada minuto que habían pasado juntos, a veces preguntándose si no habría imaginado todo aquello.

Hasta el día en que comprobó que estaba embarazada. De pronto todo se volvió real. Entonces tuvo que pensar en Jeff de otra manera. Empezó a preocuparse por saber dónde estaba, qué hacía, mientras que al mismo tiempo cargaba con su vida. Y con tres hermanos indignados.

Y esa tarde, al ver a Jeff nuevamente, comprobó que la magia entre ellos aún persistía. La había sentido en el instante en que él la besó frente al porche. Pero ya no eran solo ellos dos. Había que considerar a Emily.

¿Y cómo podría aceptar casarse con Jeff sabiendo que le había propuesto matrimonio a causa de la niña? Ella no quería un marido que sintiera que lo habían empujado al matrimonio. La verdad era que nunca había deseado un marido. No necesitaba agregar otro hombre en su vida, incluso si ese hombre era capaz de incendiar su cuerpo con solo mirarla.

Una súbita ola de calor la inundó por completo, y para hacerla desaparecer, sacó a la niña de los brazos de Jeff y la estrechó contra sí. Debería haberle dado vergüenza escudarse tras la pequeña. Pero en ese momento estaba muy agitada como para considerar el punto.

–Emily merece un padre y una madre –afirmó Jeff, con la mirada puesta en la cara de su hija, como si no la hubiera mirado lo suficiente.

Kelly controló un gesto de impaciencia.

Tendría que darle un poco de libertad para expresarse. Después de todo, acababa de descubrir la existencia de Emily.

–Ya tiene un padre y una madre –dijo orgullosa de su capacidad de autocontrol.

–Juntos, Kelly –replicó Jeff en un tono que a ella le recordó el de sus hermanos–. Merece tener a sus padres juntos. Demonios, todo el mundo merece eso –añadió en voz demasiado alta. Emily se asustó al oírlo y, tras arrugar la carita, lanzó un chillido de protesta. La cara de Jeff se puso pálida de ansiedad–. ¿Qué pasa? ¿Qué le pasa a la niña?

–Lo que pasa es que el vozarrón de su padre la ha asustado –acusó Kelly, consciente de que perdía la paciencia.

Avergonzado, Jeff hizo una mueca al ver que Emily seguía gimoteando.

–No quise asustarla.

–Yo lo sé. Pero ella no, desgraciadamente.

Acunándola entre sus brazos, Kelly empezó a arrullarla y a susurrarle palabras tiernas, al tiempo que olía el suave aroma de su piel. Y mientras la niña se calmaba poco a poco, Kelly sentía que su corazón se esponjaba de amor por esa diminuta persona que actualmente era una parte tan importante de su mundo, que ya no podía concebir la vida sin ella.

Al ver que la congoja brillaba en los ojos de Jeff, sintió pena por él.

–No te preocupes, Jeff. Ya pasó, ahora está bien.

–Tiene buenos pulmones –murmuró con una mueca al ver que la niña volvía su carita llorosa hacia él. Jeff hizo el ademán de tocarla, pero luego se arrepintió y dejó caer las manos a los costados–. Mira, Kelly. Quizá me expresé mal. Sé que no fue la proposición de matrimonio más romántica del mundo. Pero créeme que lo único que quiero es hacer las cosas bien.

–Ya lo sé, Jeff. Pero casarse no es lo más adecuado.

Kelly notó la contracción muscular en el cuello de Jeff y supo al instante que la conversación no había concluido. Tenía treinta días por delante, y así como lo conocía, no dudaba de que estaría allí todos los días. Volvería a introducirse en su vida. Y en la de Emily.

Y no sabía si podría resistirlo, aún a sabiendas de que Jeff tendría que volver a marcharse.

Capítulo Cinco

De vuelta en el hotel... solo. Sentado en la oscuridad, Jeff contemplaba el mar bañado por la luna, cinco plantas más abajo. Escuchaba voces distantes, suspendidas en el aire nocturno. Sabía que eran parejas que se encontraban en la oscuridad de la playa. Y se sintió más solo que nunca en su vida.

Con un suspiro contenido, se acomodó en una de las sillas de la pequeña terraza; apoyó los pies en la balaustrada y continuó ensimismado en la contemplación del océano. La luz de la luna brillaba en la superficie del agua y dejaba un sendero plateado que se perdía en el horizonte. Las estrellas parpadeaban en el cielo negro. Un viento frío le llegaba desde el mar, pero él apenas lo sentía.

Una hora antes, se había despedido de Kelly, pero continuaba presente en sus pensamientos junto a la imagen de su hija.

Jeff se pasó una mano por la cara como para borrar la confusión, la conmoción que todavía lo invadía. Pero no era fácil y nunca lo sería.

Todo su mundo había cambiado de repente, y no sabía qué hacer a ciencia cierta. Bebió un largo trago de la botella de cerveza colocada en una mesilla junto a él. Toda su vida había evitado comprometerse con otra cosa que no fuera el Cuerpo de Marines.

No tenía nada en contra del compromiso, solo que nunca se había considerado con vocación para la vida en familia. ¿Qué sabía de ese mundo? Nada. ¿Y de las hijas?

Volvió a alcanzar la botella, a sabiendas que no le reportaría ningún beneficio. Lo que necesitaba era un plan. Una idea de lo que haría a continuación. Necesitaba ayuda. Pero no la había. Tendría que resolver solo sus problemas. Como casi siempre en su vida.

Pero no era momento para lamentaciones. Lo que se necesitaba era la acción. Pero, ¿qué tipo de acción?

Le había propuesto matrimonio a una mujer que lo rechazó de plano. Había insistido hasta quedar exhausto, pero Kelly, testaruda como era, no había cedido un milímetro.

Normalmente habría disfrutado de la discusión porque le gustaban las mujeres fuertes, que se valieran por sí mismas. Pero no en esa ocasión.

Cuando Jeff tenía un problema lo solucionaba en voz alta, hablando consigo mismo. Y esa vez no fue una excepción.

—Lo que necesito es una estrategia de batalla

–murmuró–. Esto no es muy diferente a infiltrarse en el territorio enemigo. Tengo que lograr mi objetivo y desaparecer antes de que el enemigo se percate de lo que sucede.

Desgraciadamente el enemigo era Kelly. Que estaba firmemente plantada en sus trece. Se oponía a lo que él pensaba que era su deber. Por lo tanto tendría que encontrar una forma de minar sus defensas.

Jeff se puso de pie con una súbita energía que demandaba acción. Tal vez iría a correr por la playa. Unos cuantos kilómetros no le vendrían mal en vista de que se le negaba lo que más ansiaba en el mundo: estar con ella.

Jeff cruzó la pequeña sala de estar de la suite y entró al dormitorio. Se quitó la camiseta, las botas y los calcetines. Cuando se desabotonaba los vaqueros, se detuvo al oír que llamaban a la puerta.

Con el ceño fruncido y sin hacer ruido, fue al pequeño corredor y abrió la puerta. Y se quedó mirando a Kelly con la boca abierta.

Kelly sintió que se le secaba la boca.

«Santo cielo», pensó mientras sus ojos recorrían velozmente el cuerpo del hombre frente a ella. Realmente había olvidado lo apuesto que era Jeff Hunter. El pecho desnudo parecía esculpido en madera de teca. La suave piel bronceada cubría una masa de músculos bien proporcionados. El abdomen era liso, cubierto de vello oscuro que desaparecía bajo la cintura desabotonada del pantalón vaquero. Los pies desnudos estaban muy separados, como dispuestos a la lucha. Una mano reposaba en el pomo de la puerta mientras la otra permanecía empuñada a un costado. Sobre el hombro observó el tatuaje del Cuerpo de Marines que una noche memorable había recorrido con la punta de la lengua.

Y en ese momento volvió a sentir que su cuerpo se estremecía. Sabía que si él la tocaba, se rompería en mil pedazos.

Los claros ojos azules la observaban desconcertados. Kelly se humedeció los labios resecos antes de intentar hablar.

–Quizá debí haberte llamado antes –dijo tras un enorme esfuerzo.

–No, está bien. Me preparaba para ir a correr por la playa.

–Oh, entonces me.....

–No –la interrumpió en el acto–. No te marches. Solo que me sorprende verte aquí, eso es todo.

Desde luego que estaba sorprendido, se dijo a sí misma. La había dejado hacía una hora con la promesa de encontrarse al día siguiente para continuar la conversación. Pero había sido incapaz de quedarse quieta cuando Jeff se marchó. Había esperado dieciocho meses para volverlo a ver, y una vez de vuelta, no quería esperar un minuto más.

–Sé que íbamos a vernos mañana –dijo al tiempo que se encogía de hombros–. Pero pensé... ¿por qué postergar hasta mañana lo que podríamos....? –se detuvo, sonrió y volvió a encogerse de hombros–. Tú sabes.

–Sí –dijo al tiempo que se metía una mano en el bolsillo.

Kelly siguió el movimiento y no pudo dejar de percibir la ostensible excitación del hombre. Un estremecimiento recorrió su cuerpo y las rodillas le flaquearon.

–¿Dónde está la niña?

–Kieran se quedó con ella.

Afortunadamente, al menos tenía un hermano con un corazón romántico. Había acudido apenas lo llamó y no hizo el menor comentario cuando ella le confió dónde iba. Solo dijo que se tomara su tiempo y que podía pasar la noche con la niña, si era necesario.

Claro que si Jeff persistía en esa actitud tan poco acogedora, muy pronto estaría de vuelta en casa.

Como si le hubiera leído el pensamiento, Jeff se hizo a un lado y abrió la puerta de par en par.

–Entra.

«Bueno, al menos es un comienzo», pensó ella.

Las puertas de cristal que daban a la terraza estaba abiertas y la luz de la luna inundaba la salita de estar. La brisa del mar agitaba las blancas cortinas que parecían figuras fantasmales bailando en la oscuridad.

La puerta de la suite se cerró tras ella, y sintió que Jeff se aproximaba, hacía una pausa, pasaba junto a ella y encendía una lámpara al otro extremo de la habitación.

Kelly se quitó el bolso, colgado del hombro, y lo dejó en el sillón más cercano. Luego deslizó las manos húmedas sobre las piernas del pantalón mientras pensaba en qué iba a decir a continuación.

–Sé que lo de Emily fue una gran sorpresa para ti...

–Sí –convino Jeff al tiempo que daba un paso hacia ella y luego se detenía–. Se podría decir que sí.

–Jeff, te lo habría dicho antes si hubiera tenido un medio para comunicarme contigo.

–Ya lo sé.

–Y siento que mis hermanos estuvieran allí.

–No se les puede culpar –dijo con rigidez–. Me figuro que mi nombre no ha sido muy popular en estos dieciocho meses.

«Una manera muy diplomática de expresarse», pensó Kelly. Desde que se enteró de su embarazo, sus hermanos no querían otra cosa más que verla casada o ver la cabeza de Jeff en una bandeja.

Pero esa decisión no les concernía, como lo repitió mil veces durante esos dieciocho meses. Eso era un asunto entre ella y Jeff. Y nadie más tenía derecho a voto en ello.

—Pero dejemos ese tema por ahora, ¿de acuerdo? —propuso.

Él asintió con la mirada clavada en sus ojos.

—Créeme. En este momento no estoy pensando en tus hermanos.

Kelly tragó saliva y dio un paso hacia él.

—¿En qué estás pensando? —preguntó, sorprendida de su propia audacia.

Él movió la cabeza de un lado a otro.

—Sabes muy bien en lo que estoy pensando, Kel. En lo mismo que he pensado y soñado durante los malditos últimos dieciocho meses.

—¿También tú? —las palabras se escaparon de su boca.

Probablemente no era la mejor jugada admitir frente a un hombre la forma desesperada en que lo deseaba. Pero, ¿quién jugaba allí?

Ella avanzó otro paso hasta quedar al alcance de él. La mirada de Jeff se deslizó sobre su rostro, sus cabellos, su cuerpo como la caricia más tierna de un amante, y el corazón de Kelly redobló los latidos.

—Todas las noches —susurró al tiempo que recorría con un dedo la mejilla y mandíbula de Kelly.

—Ha sido un largo tiempo —murmuró ella

suavemente, con la mirada prendida en los ojos de Jeff.

—Demasiado largo —convino al tiempo que una mano se deslizaba por su cuello y la atraía hacia él.

Kelly miró fijamente los ojos azules y vio el hambre escrita en ellos. Al notar el deseo tan desnudo, tan puro, sintió que su cuerpo ardía. Lentamente él empezó a inclinar la cabeza hacia el rostro de Kelly.

«Esto es», pensó ella. Para eso había ido. Eso era lo que no había podido esperar hasta el día siguiente. Necesitaba sentir esas manos sobre ella. Necesitaba besarlo y que la besara.

Entonces la boca de Jeff se posó en la suya y ella dejó de pensar. Su cerebro se cerró a todo pensamiento y su cuerpo despertó a las sensaciones que lo recorrían, mientras deslizaba las manos por su pecho y luego las enlazaba alrededor del cuello.

Estrechamente abrazada a él sintió que las manos de Jeff recorrían su cuerpo y que luego la alzaba contra él, con una facilidad que recordaba claramente. Entonces se besaron apasionadamente, sedientos el uno del otro.

Y tampoco esa caricia fue suficiente. Había demasiada ropa que los separaba. Kelly necesitaba sentir el contacto de la piel de Jeff y apartó la boca de los labios masculinos.

—Jeff...

–Lo sé, cariño –murmuró con la voz enronquecida–. Yo también. Necesito sentirte. Ahora.

–Sí –susurró ella–. Por favor, ahora.

Jeff le quitó el jersey y luego el sujetador mientras miraba los pechos, más redondos y llenos que antes, pero siempre perfectos.

–Hermosos –susurró.

Luego suavemente empezó a acariciarlos y besarlos.

–Oh, Jeff. Te he echado tanto de menos –murmuró al tiempo que se arqueaba, ofreciendo su cuerpo, en una silenciosa petición.

Solo cuando ella gimió de placer, él se enderezó para mirarla a los ojos. Con la mirada prendida en la de ella, se desabotonó los vaqueros con la ayuda de Kelly mientras la acariciaba bajo las braguitas de seda.

La sonrisa desapareció del rostro de Kelly al sentir el contacto de los dedos de Jeff. Mientras, sus manos no dejaban de acariciarlo con ansia incontrolada.

–Jeff... no puedo respirar –jadeó.

–No lo hagas, entonces. Solo siente mi caricia.

Ella se entregó totalmente hasta que, en un espasmo final, gritó su nombre y se desplomó contra el cuerpo de Jeff que luchaba por no perder el control bajo las caricias de Kelly.

Luego suavemente la tendió en el suelo y ambos terminaron de desnudarse.

Jeff sacó un preservativo del bolsillo del vaquero y entonces se entregaron libremente a la plenitud del amor.

«Esto era lo que yo quería», pensó Jeff al sentir las piernas de Kelly alrededor de la cintura.

Había vivido tiempos de tristeza, de combate y de soledad, pero en ese momento, con ella, nada importaba.

Abrazada a él, las manos de Kelly recorrían su cuerpo con ansiedad.

—Otra vez, Jeff. Hazme sentir otra vez. La espera ha sido tan larga...

—Sí, mi amor, no me voy a detener —prometió al borde del clímax.

Había soñado tanto con ese momento. Lo había esperado tanto. Y ahora que ella estaba allí, en sus brazos, su aliento ardiente sobre su rostro, tenía que poseerla.

Jeff recorrió, acarició, palpó, besó ese cuerpo una y otra vez, sin descansar controlando su propia reacción para prolongar esos momentos mágicos. Sentía que nunca podría saciarse y en la respuesta de Kelly supo que a ella le sucedía lo mismo.

Y así continuaron, devorados por el fuego que los consumía, entregados a los besos y caricias hasta que juntos llegaron al éxtasis del placer y rodaron la pendiente que los llevaba a la tierra, con los labios unidos, seguros, uno en brazos del otro.

Capítulo Seis

–¡Vaya! –murmuró Kelly maravillada cuando fue capaz de recuperar la voz.

–Eso lo dice todo –comentó satisfecho mientras la rodeaba con un brazo y la ceñía a su cuerpo.

Ella deslizó la palma de la mano por el pecho desnudo y sintió los apresurados latidos del corazón de Jeff. Con una sonrisa, apoyó la cabeza en su hombro. De acuerdo, quizá no habían resuelto nada. Todavía quedaban muchas cosas que aclarar y muchas preguntas por responder. Pero había sido un encuentro maravilloso.

–Me alegra que hayas venido –dijo Jeff.

–A mí también. A propósito, el suelo es muy agradable.

Jeff esbozó una sonrisa.

–No ha estado nada mal.

Parecía increíble que con un confortable dormitorio, dos pasos más allá, hubieran acabado por hacer el amor en la mullida moqueta de la sala de estar. Pero siempre había sido así entre ellos. Desde que se habían conocido.

Bueno, desde el momento en que ella había vuelto en sí para descubrir que un estupendo marine le practicaba la respiración boca a boca. Apenas recordabă el golpe en la cabeza, ni tampoco cómo se hundía bajo las olas al tiempo que tragaba medio océano. Pero todo lo demás quedó vívidamente grabado en su memoria.

Estaba tendida en la arena, con la boca de alguien sobre la suya. Tosió, abrió los ojos y vio un par de ojos azules, tan claros y transparentes, que le pareció que podía penetrar en el alma de ese ser tan apuesto. Luego le vinieron espasmos de tos y él la sostuvo, al tiempo que le daba golpecitos y murmuraba palabras de aliento que le llegaron al corazón y disiparon el miedo.

Le había salvado la vida, oyó que comentaba la gente a su alrededor con un espontáneo aplauso. Pero su atención se concentraba solo en él. A partir de ese instante, se produjo «algo» entre ellos. Y cuando la llevó a comer, y más tarde a cenar, ese algo creció. Aquello que había florecido de la nada, se materializó en una rara, salvaje explosión de necesidad y pasión que Kelly nunca había experimentado en su vida.

Durante dos semanas, se deleitaron mutuamente. Era como si se hubieran conocido desde siempre. En otro tiempo, en otro lugar.

Y no era que Kelly creyera en vidas pasadas y esas cosas. Pero, ¿qué otra explicación podía dar a aquella relación que se consolidaba cada día más?

La experiencia sexual entre ellos había sido increíble, pero segura. Ambos habían sido cuidadosos. Y sin embargo... «La vida se abre camino», rezaba el dicho. No habían pasado dos semanas desde la partida de Jeff, cuando Kelly descubrió que estaba embarazada. Extrañamente, no se sintió sorprendida. Fue como si todo lo que habían experimentado y descubierto juntos, hubiese sido demasiado grande para poder contenerlo solo dentro de sí mismos.

–Kelly, todavía tenemos cosas que hablar –la voz de Jeff la llevó al presente.

–Ya lo sé –dijo, siempre con la mano en el pecho de Jeff.

Él se la capturó y la mantuvo firmemente apretada.

–Si sigues acariciándome así no podremos hablar.

A decir verdad, eso era lo que ella quería, más que nada por temor a otra discusión. Porque, a pesar de lo que Jeff dijera, ella no quería casarse. El matrimonio nunca había formado parte de sus planes. Desde luego que sus cuatro tiránicos hermanos tenían mucho que ver con eso. Sin embargo, era necesario aclarar el tema.

–De acuerdo –concedió. Resignada a lo inevitable, se sentó–. Hablemos.

La mirada de Jeff recorrió su cuerpo desnudo. Con un suspiro, también se incorporó.

–Así no es fácil conversar –comentó con la mirada puesta en los pechos de la joven.

–Vestidos o desnudos, la conversación no va a ser fácil, Jeff.

–Pero podría serlo.

–Si hago lo que tú quieres.

«Típico», pensó Kelly con la mente puesta en sus hermanos. A muy temprana edad había aprendido que si quería zanjar las dificultades, lo único que tenía que hacer era llevarles el amén. Pero eso significaba que tenía que renunciar a sus propias opiniones. Solo Dios sabía cuán acostumbrada estaba a enfrentarse a hombres testarudos.

–No se trata de lo que yo quiera, sino de lo mejor para Emily –declaró Jeff.

–¿Cierto? –replicó Kelly al tiempo que sentía una explosión de rabia en su interior. Se despejó la cara de un mechón de pelo y lo miró furiosa–. Hace solo cinco horas que conoces a tu hija y ya sabes lo que es mejor para ella, ¿verdad?

–No he dicho eso exactamente.

–Sí lo dijiste.

–No lo dije.

–Lo mejor para Emily. ¿Y cómo llegaste a esa

espectacular revelación? –continuó en tono agresivo–. ¿Gracias a la superioridad de tu cerebro masculino?

–Vamos, Kelly. Repito que no es lo que quise decir, maldita sea.

–No blasfemes –le advirtió airada.

Kelly ya no escuchaba. Maldición, la velada se iba al infierno velozmente, pensó Jeff.

Primero apareció en la puerta de la habitación cuando más la necesitaba. Luego hubo un encuentro físico increíble. Luego, la discusión. ¿Qué cosa tan terrible hacía? ¿Una proposición de matrimonio era algo tan repelente?

–¿Cómo sabes exactamente lo que quise decir, Kelly?

–No juegues conmigo, Jeff Hunter –amenazó mientras se paseaba de arriba abajo delante de él.

A decir verdad no era fácil conversar en esas condiciones. ¿Cómo podía centrarse en el tema de la discusión frente a esos pechos tan perfectos?

–No lo hago, Kelly.

–Quieres que nos casemos porque tienes una noción anticuada de lo que es el honor.

–Sí, mi proposición es honorable; pero no anticuada –insistió.

Diantre, ¿ser un hombre decente, enfrentar las consecuencias de los propios actos era una conducta pasada de moda?

70

Jeff se puso en pie y cruzó las manos sobre el pecho, con la mirada puesta en ella que continuaba paseando por la habitación.

–Muy bien. Ya has dicho lo que te parece correcto. Me has propuesto matrimonio. Pero yo no quiero casarme.

–¿Por qué no?

Kelly se llevó las manos a las caderas y golpeó la moqueta con los dedos de los pies desnudos.

–¿Hablas en serio? Por la razón de que apenas nos conocemos.

Jeff enarcó las cejas, miró al suelo y luego alzó la vista hacia la cara de ella.

–Creo que nos conocemos muy bien.

–Eso es sexo, Jeff.

–Sí, sé lo que es. Y es muy bueno.

–Una buena compenetración sexual no es base suficiente para una relación duradera.

–Cielos, odio esa palabra.

–¿Qué palabra?

–Relación –disparó–. Sirve para todo. Hoy en día todo el mundo la utiliza para referirse a los vínculos entre padre e hijo, vínculos de pareja, en fin. Problemas de relaciones. Cómo lograr una buena relación, y así sucesivamente. Mira, solo hablamos de casarnos para que nuestra hija tenga padres.

–Ya los tiene.

–Quiero decir dos padres juntos.

–¿Cierto? –preguntó irónica al tiempo que le dirigía una mirada pensativa–. ¿Juntos? ¿Quieres decir que si nos casamos dejarías el Cuerpo de Marines? ¿Renunciarías a las Fuerzas de Reconocimiento y te convertirías en un marido y padre con horario de oficina?

Un escalofrío gélido recorrió la columna de Jeff ante el pensamiento de pasar el resto de su vida tras una mesa de despacho. Amaba su trabajo. Lo hacía bien. Y no estaba seguro de poder renunciar a él. Ni siquiera por Kelly.

–Kelly...

–Ya veo que no –afirmó con seguridad al ver la expresión de su rostro–. ¿Entonces qué quieres decir con la palabra «juntos»?

Jeff se pasó una mano por la cara.

–Para mí, juntos significa estar casados. Una pareja. Una familia. Con un solo nombre. Un papá, una mamá y un hijo.

Con un suspiro, ella se pasó las manos por el pelo y la cara quedó despejada. Jeff pudo apreciar los pómulos altos, los grandes ojos verdes y la boca sensual. ¡Que hermosa era!

Y volvió a desearla con una fiereza que lo estremeció hasta los huesos.

Con las manos caídas a los costados, Kelly lo miró, deseosa de que comprendiera.

–Jeff –dijo apesadumbrada–. No quiero un marido. Ningún marido. Bueno, al menos no era un rechazo personal. Era una convicción interna. Jeff no sabía si eso era bueno o malo. Por una parte, si él no era la causa del problema, aún cabía la posibilidad de convencerla. Pero si sencillamente tenía problemas con el matrimonio, iba a ser difícil resolver la cuestión.

Para él tampoco era fácil. Diantre, si había algo en lo que nunca se había interesado, ese era el matrimonio. No se consideraba un candidato adecuado para ninguna mujer.

Era más bien el tipo de hombre de una sola noche y de espectaculares fines de semana, muy ocasionales, eso sí. Hasta que conoció a Kelly.

A partir de las dos semanas que habían pasado juntos, Jeff había especulado con pensamientos del tipo «que pasaría si». Y no era solo Emily lo que le hacía pensar en la posibilidad de una vida junto a Kelly.

Emily simplemente había apresurado el proceso.

El matrimonio en sí, todavía era una perspectiva que lo aterrorizaba. Pero no sería capaz de volver a mirarse en un espejo si no hacía todo lo posible por convencerla. Un hombre no valía mucho si se negaba a aceptar la responsabilidad de sus actos

—Demonios, Kelly, yo no soy solo cualquier marido.

—No, uno muy bueno —comentó Kelly con picardía.

–Gracias. Lo intento.

Con un soplido, Kelly se despejó un rizo de la frente y Jeff sonrió ante su apariencia. No muchas mujeres eran capaces de discutir totalmente desnudas, sin la menor inhibición. Sí, Kelly era única entre un millón.

–No quiero seguir peleando, Jeff. Ese no era el motivo de mi visita.

–¿Por qué viniste? –preguntó con suavidad.

Ella suspiró.

–Vine a verte.

–Me alegra oírlo.

–¿De veras? ¿Incluso a pesar de la discusión?

–Cariño, también he echado de menos esa parte de ti –admitió al tiempo que se detenía frente a ella. Luego le acarició los brazos y sonrió al ver que se inclinaba hacia él–. No tengo a nadie con quien me apetezca discutir.

–Hum...

–¿No me crees? Travis, Deke y J.T. no se ven tan hermosos como tú cuando se enfadan.

–Eres muy lisonjero, ¿no es verdad?

–Solo cuando tengo que serlo.

–Jeff –dijo al tiempo que alzaba los ojos hacia él. De pronto Jeff se encontró sumido en las profundidades de la verde mirada de la joven. En ese momento, habría prometido cualquier cosa.

–¿Sí?

–¿Podríamos dejar de discutir solo por esta noche?

Era algo fácil de prometer. Él tampoco quería pelear. No después de esperar un año y medio para volver a tocarla. Por lo demás, quedaba mucho tiempo por delante para insistir en su proposición. No era un hombre que se rendía fácilmente y estaba convencido de que ella lo sabía.

–Claro que sí –dijo al tiempo que la atraía hacia su cuerpo. Cuando los brazos de Kelly le rodearon la cintura, aspiró el perfume que se desprendía de ella para guardarlo en su interior, junto con el recuerdo de ese instante, para siempre–. Creo que podemos hacerlo.

Kelly apoyó la cabeza en el pecho masculino y Jeff la barbilla sobre la cabeza de la joven. Y así permanecieron abrazados en la penumbra de la sala, a la leve claridad de la luz de la luna y midieron los segundos que pasaban, al compás de los latidos de sus corazones.

Horas más tarde, Kelly despertó sola en la cama de matrimonio.

Alargó un brazo en busca de Jeff, pero todo lo que encontró fueron las frías sábanas. Se sentó en la cama parpadeando, al tiempo que se preguntaba dónde habría ido.

Entonces tomó la primera prenda que encontró a mano, que era una camiseta de Jeff. Se la puso y con una sonrisa comprobó que le llegaba a la mitad de los muslos. «Un hombre grande», pensó mientras recordaba el cuerpo de Jeff, que había disfrutado con ansia durante las últimas horas.

Le dolían los músculos, pero eso no era nada comparado al placer de haber sido amada como Jeff lo había hecho.

El amor físico entre ambos siempre había sido intenso, explosivo. Pero esa noche, horas atrás...

Todavía sentía el olor de Jeff en su cuerpo. Como si se hubiera empeñado en quedar grabado en su mente, en su cuerpo y en su espíritu.

Y lo había conseguido, pensaba Kelly mientras salía de la habitación hacia la sala de estar con las piernas débiles mientras pensaba en el increíble placer que había experimentado las veces que habían hecho el amor esa noche.

Estaba asombrada de su propio anhelo de Jeff. Hasta que él llegara a su vida, nunca se había sentido atraída por el sexo. Francamente, siempre había preferido dormir.

El par de experiencias que había tenido en la universidad, no la habían preparado para la realidad de Jeff Hunter.

No tenía idea de que podría sentir tal... apetito. Su anhelo de él parecía insaciable, como un pozo sin fondo. Parecía que cuanto más la tocaba, más necesitaba ella. Y esa súbita conciencia de sí misma la estremecía.

Pero Jeff no estaba satisfecho con ser su amante.

Había decidido ser su marido.

Capítulo Siete

Kelly sintió en el fondo de la mente un campanilleo de advertencia. Tarde o temprano ella y Jeff tendrían que resolver la cuestión del matrimonio, de una vez por todas. Pero no era el momento. Lo único que quería era encontrarlo, abrazarlo. Sentir los fuertes brazos en torno a su cuerpo y fingir que todo volvía a ser igual a aquellas dos semanas que pasaron juntos.

Recorrió con la mirada la habitación en penumbras y notó que las cortinas se movían. Las puertas de cristal estaban abiertas. La luz de la luna disminuía, señal de que la aurora no tardaría en despuntar. Se acercó a la pequeña terraza y observó que las estrellas se apagaban en un cielo que lentamente empezaba a clarear. Entonces sus ojos descubrieron la espalda desnuda de Jeff, vestido solo con los gastados vaqueros, casi celestes.

Estaba de pie, con las manos apoyadas en la balaustrada del balcón, contemplando las mansas aguas del océano.

Kelly se puso a su lado. Jeff no manifestó sorpresa alguna ante su aparición, como si un sexto sentido le hubiera avisado que se encontraba detrás de él. Quizá se debía a que estaba acostumbrado a vivir en estado de alerta, en una continua lucha de supervivencia. Pero no quería pensar en Jeff escondido en la jungla, esquivando las balas de un enemigo invisible. Durante el último año y medio se había esforzado por borrar esos pensamientos de su cabeza. Y en ese momento también haría lo mismo.

—Te has levantado muy pronto —comentó con la mirada puesta en el horizonte. El cielo comenzaba a teñirse de un leve tono rosa por el oriente.

—Es la fuerza de la costumbre —respondió Jeff en tono quedo. Tras una rápida mirada, volvió los ojos a las aguas siempre cambiantes—. Te sienta bien mi camiseta.

—Gracias. No pude encontrar mi ropa —dijo con una risita.

Jeff sonrió y los ojos de Kelly se posaron en su perfil. Pómulos altos, recia mandíbula y una nariz que, al parecer, se había roto más de una vez. En suma, un rostro de rasgos muy definidos. Jeff se volvió a mirarla y ella sintió una cálida emoción.

—¿Qué pasa? —preguntó Kelly al tiempo que le cubría la mano con la suya.

—La hora antes del amanecer es muy propicia para reflexionar. Debe de ser porque todo está en calma.

—¿Y? —preguntó vacilante, con la esperanza de que no volviera a tocar tan pronto el tema del matrimonio.

—Y me preguntaba cómo te veías cuando estabas embarazada.

La respuesta fue tan distinta a lo esperado, que Kelly lo miró largamente. Luego movió la cabeza de un lado a otro y rio.

—Como un balón. Pequeña y redonda.

De hecho, durante casi todo el período del embarazo agradecía al cielo que Jeff no pudiera verla. El embarazo y las mujeres menudas no casaban bien. Recordaba la envidia con que miraba a las futuras mamás, más altas que ella, en la consulta del ginecólogo. Incluso con su enorme barriga, esas mujeres se las ingeniaban para verse elegantes y radiantes. En cambio, ella se sentía como un tonel con piernas.

A menudo se había preguntado si Jeff se sentiría atraído hacia ella con esa figura. Afortunadamente, no hubo oportunidad de comprobarlo.

—Apostaría a que te veías hermosa.

Ella se echó a reír a carcajadas, pero de inmediato se cubrió la boca con una mano. Era demasiado temprano para despertar a los huéspedes del hotel.

—De veras que no. Mis hermanos decían que

parecía un globo flotante –comentó, pero al ver que Jeff fruncía el ceño, se arrepintió de haberlos mencionado–. Naturalmente que era una broma –añadió rápidamente.

–Al menos ellos estuvieron a tu lado –murmuró más para sí mismo que para ella.

–Jeff...

–¿Me odiaste por haberte dejado embarazada y sola? –preguntó de improviso con la mirada fija en el vaivén de las aguas.

–No –dijo al tiempo que lo volvía hacia ella para que la mirara. A toda costa tenía que convencerlo–. Desde luego que no. Además no estaba sola; mi familia me acompanaba.

–Sí, y me recordaban con profunda emoción –comentó con ironía.

–No era asunto de ellos.

–Tienes razón. Esto es entre tú y yo, y por eso necesito saber. ¿Me odiabas, Kelly?

Ella lo miró directamente con la esperanza de que leyera la verdad en sus ojos.

–No, nunca te odié por dejarme embarazada –dijo lentamente. De inmediato notó que Jeff aflojaba la tensión–. No olvides que yo también participé en el asunto.

Una leve sonrisa apareció en el rostro de Jeff, que se disipó al instante.

–Sí, lo recuerdo.

–No fue culpa nuestra que fallara el preservativo.

–Todavía pienso en demandar a la compañía –rezongó Jeff.

–Es inútil. En la caja dice que tiene un noventa y ocho por ciento de seguridad.

–Muy cautos.

Kelly sabía por experiencia que lo mejor era enfrentarse a la realidad y aceptarla.

–Jeff, lo que sucedió, sucedió por una razón.

–¿Tú crees eso?

–Por supuesto que sí –afirmó con total convicción. Cada vez que miraba la carita de su hija, aumentaba su certeza. Había una razón para ese bebé. Una razón por la cual había sido concebido, a pesar de todas las precauciones tomadas. Una razón para su llegada al mundo.

No por descocida, Kelly iba a negar esa razón.

–Ojalá yo la supiera –murmuró él.

–¿Realmente importa? –preguntó con la esperanza de que él dijera que no.

Por consideración a Emily, no quería que el padre lamentara su existencia.

Pasó un largo minuto en el que Kelly no se dio cuenta de que contenía ansiosamente la respiración.

–No, no importa.

Entonces ella respiró hondo.

–Eso está bien –dijo con gran alivio.

Jeff se volvió a contemplar el agua y la acercó a él, la espalda de la joven apoyada en su pecho. Kelly puso los brazos de Jeff alrededor de su cintura.

—Háblame de ello —pidió mientras la sostenía con firmeza.

—¿De qué? —preguntó ella al tiempo que apoyaba las manos en los antebrazos de Jeff.

—De tu embarazo, tu trabajo, del parto. Quiero saber todo lo que me he perdido.

Su voz implicaba una súplica silenciosa que le llegó al corazón. Sí que se había perdido mucho, pensó Kelly. Había regresado de una serie de misiones peligrosas para descubrir la existencia de una hija de la que nada sabía. Y en ese momento intentaba, de la mejor manera posible, ser una parte de la vida de la niña. Conocerla como su madre lo hacía. Intentaba ser algo más que el hombre que la había engendrado.

Quería ser su padre.

Con mucha dulzura, Kelly le acarició los brazos con suaves golpecitos.

En algún lugar del oriente, el sol comenzaba a apuntar tiñendo el cielo de suaves tonos pastel. Cinco plantas más abajo, unos cuantos surfistas ya estaban en el agua fría y quieta con la esperanza de que alguna ola los empujara hacia la playa.

Mientras el mundo comenzaba a despertar, Kelly hablaba.

Escuchando atentamente, la mente de Jeff creaba imágenes acordes a las palabras de ella. En su imaginación, veía a Kelly con su pequeña. La veía camino al trabajo, luego junto a los niños del Jardín de Infancia, que ella adoraba. La veía en el momento de abrir regalos para la niña.

La imaginó en la consulta del médico. Sintió su emoción tras el primer examen, cuando realmente pudo ver a Emily en su seno. También lamentó no haber estado allí, con su mano en la de ella, mirando juntos la pantalla del monitor y preguntándose cómo serían los rasgos del bebé. También la escuchó referirse a sus hermanos. Intentó no resentirse por el hecho de que hubieran sido los Rogan quienes la habían ayudado, y no él. Ellos habían cortado el césped, cargado con las bolsas de la compra, instalado la cuna de Emily y pintado su habitación. Habían estado junto a su hermana pequeña en el momento más importante de su vida, mientras que Jeff ni siquiera sospechaba lo que sucedía.

Se sintió invadido por un vago sentimiento de rabia. Incluso ni siquiera el hecho de saber que no era culpable de nada, disipaba su malestar. Cuando ella narró el episodio del parto, Jeff no pudo evitar sentimientos opuestos: por una parte, agradecía no haber presenciado su sufrimiento y por otra, lamentaba no haberle podido tomar la mano en el momento más difícil. No, eso lo había hecho Kevin Rogan. El hermano mayor. El hombre que a la primera oportunidad casi le había roto la mandíbula de un puñetazo.

Y con toda sinceridad, no fue capaz de culparlo.

—Y entonces —decía Kelly—, Emily estaba allí. El médico la sostenía como un trofeo. Y Emily abrió los ojos, y puedo jurarte que me miró. El médico asegura que un recién nacido no ve nada, pero yo afirmo lo contrario. Emily me miró como preguntándome: «¿Qué diablos pasa aquí, mami? ¿Qué es todo este jaleo?»

Jeff dejó escapar una risita, siempre con la barbilla apoyada en la cabeza de Kelly, al tiempo que veía todo a través de los ojos de ella, pero con el deseo de haberlo contemplado con sus propios ojos.

—Vaya.

—Entonces la colocó sobre mi pecho —continuó en un tono tan quedo, que Jeff apenas podía oírlo—. Y ella me miró a los ojos, me aferró un dedo en el puño cerrado y en ese mismo instante me robó el alma —añadió. Jeff se sorprendió al sentir los ojos empañados de lágrimas y empezó a parpadear rápidamente. Al cabo de un largo minuto de silencio, Kelly habló tras un suspiro–: Kevin lloraba como un muchachito –su voz sonaba muy tierna. Jeff frunció el ceño al pensar que el hombre que lo odiaba hubiera sido testigo del nacimiento de Emily–. Naturalmente que él lo disimuló. Ningún marine, ni siquiera al borde de la muerte, lo admitiría; pero eso tú lo sabes bien, ¿verdad?

–Muy bien –murmuró con la voz ahogada, y parpadeó aún más rápido. –Ojalá hubieras estado allí –murmuró Kelly.

–Ojalá, amor mío –dijo con el corazón apretado. Luego besó suavemente el cabello de la joven. Sabía que durante el resto de su vida lamentaría haberse perdido algo tan importante. Era un momento imposible de volver a capturar.

No, no se podía hacer nada con el pasado.

Pero el presente y el futuro estaban a su disposición.

Su mente iba de una dirección a otra. Buscaba afanosamente el modo de infiltrarse en la vida de Kelly y en la de su hija. Jeff deseaba, no, necesitaba formar parte de lo que sucedía en el presente.

No sabía nada de la vida en familia. Y menos de niños. Pero esa niña pequeña era su bebé. Una parte de sí mismo. Y nadie podría negarle el derecho a estar presente en su vida. Hacer que lo conociera. Ser algo más de lo que había sido hasta ese momento.

Y de repente le llegó la solución.

–¿Quién cuida de Emily cuando trabajas? –preguntó en el tono más inexpresivo posible.

Kelly se puso rígida entre sus brazos, y él se dio cuenta de que ya estaba a la defensiva. Bueno, tenía que desarmarla. No tenía por qué ser una situación más arriesgada que encontrarse en un campo sembrado de minas.

–No empieces tú también –advirtió ella.

–¿Empezar qué?

–Kevin siempre se queja de que alguien tenga que cuidar a la niña medio día. No necesito que ambos forméis equipo contra mí.

–¡Oye, no empieces a disparar!

–¿Qué?

–Saca el dedo del gatillo, cariño –dijo con suavidad al tiempo que volvía a abrazarla y mirarla a los ojos. De ninguna manera iba a aparecer ante sus ojos formando equipo o alguna cosa junto a Kevin Rogan–. No estoy en posición de quejarme por las decisiones que tomes en cuanto a Emily.

Ella se relajó un poco, pero no demasiado.

–De acuerdo –aceptó al tiempo que inclinaba la cabeza un segundo y luego alzaba la vista hacia él–. Tú sí que tienes más derecho a opinar que Kevin.

Claro que tenía más derecho, pero se calló por prudencia.

—Era solo una pregunta, Kelly.

Ella asintió con la cabeza.

—Sabes que enseño en el colegio St. Mathew´s.

—Sí.

Recordaba que ella le había contado que impartía clases en el colegio católico de la localidad.

—Bueno. Los profesores también dirigen una guardería en el colegio y Emily pasa las mañanas allí, mientras yo estoy en clases. Tienen una organización estupenda —añadió apresuradamente—. Puedo visitarla en los recreos y a la hora de la siesta. La monja que dirige la guardería es una mujer adorable, totalmente dedicada a los niños.

Mientras describía el colegio y la guardería, Jeff hacía trabajar la mente. La mayor parte de su infancia había transcurrido en un orfanato católico de St. Louis, así que tenía más conocimiento que nadie del modo en que las monjas cuidaban a los niños. Sin embargo, Kelly no sabía casi nada de las circunstancias de su niñez y no era el momento de proporcionarle más detalles.

—Estoy convencido de ello —dijo solo por detener el río de palabras—. Por lo demás, solo quería saber porque... Bueno, pensaba que durante mi tiempo de permiso yo podría cuidar de Emily mientras tú trabajas. Dame la oportunidad de conocerla y de que ella me conozca a mí.

Kelly lo miró pensativa durante largo tiempo, y él hubiera dado cualquier cosa por saber qué pasaba por su cabeza.

—¿Quieres cuidarla? ¿Tú solo? —preguntó al fin.

—Sí.

—Pero Jeff, tú mismo me has dicho que nunca te has relacionado con niños pequeños.

—Pero una vez fui un niño. ¿Eso no cuenta?

—¿Sabes algo acerca de los bebés? —preguntó con una sonrisa.

—Sé que pueden respirar en el agua —contestó con seriedad.

—Muy gracioso.

—Sé que necesitan comer, que hay que cambiarles los pañales. Y que duermen mucho.

—Vaya... —dijo, nada convencida.

—Mira, Kel. No debe de ser muy difícil. Soy marine. El gobierno de los Estados Unidos me confía un millón de dólares en maquinaria. No dudo que se podría confiar en mí para meter en la boca de mi hija una cucharada de puré de plátano.

—No sé. Quiero decir que por supuesto sería bueno que pases tiempo con Emily. Quiero que te conozca. Quiero que compruebes que es un ser muy especial –dijo al tiempo que apoyaba ambas manos en el amplio pecho de Jeff–. Solo que...

–Te preocupa.

–Un poco.

–Puedo hacerlo, Kelly. Confía en mí –dijo con vehemencia.

–Por supuesto que confío en ti.

–¿De acuerdo, entonces?

Nerviosa, Kelly se mordió el labio inferior, bajo la atenta mirada de Jeff, que de pronto deseó hacerle lo mismo. Lo haría cuando obtuviera una respuesta.

–Creo que sí –dijo ella con una sonrisa forzada.

–Excelente.

Jeff había conseguido lo que quería, a pesar del escaso entusiasmo de Kelly. Con un brazo alrededor de su cintura la alzó hasta su boca y la besó apasionadamente. Cuando la depositó en el suelo, Kelly le guiñó un ojo.

–Entonces, ¿quedamos en que mañana por la mañana te pasas por casa?

Sí, era una idea, pero él tenía otra en la cabeza.

Tenían un largo domingo por delante. Si manejaba bien la situación, podría pasar la noche en la cama de Kelly. Entonces, a primera hora de la mañana empezaría a cuidar a Emily.

–De acuerdo, amor mío –dijo al tiempo que

la estrechaba entre sus brazos con manifiesto deseo.

Ella lo miró con los ojos muy abiertos, oscurecidos y Jeff supo de inmediato que sentía lo mismo que él. Muy bien. Quería ser indispensable para ella durante los próximos treinta días. Quería probarle que era capaz de dar a ella y a su hija lo que necesitaban.

—Mira, tenemos un largo domingo por delante —dijo antes de posar los labios en su boca—. ¿Tienes idea de lo que podríamos hacer?

— Sí, Jeff —murmuró Kelly con los brazos alrededor de su cuello—. Unas cuantas.

Capítulo Ocho

–Emily está llorando –avisó Kelly al tiempo que le daba un codazo.

–¿Qué? –Jeff se despertó al instante y se sentó en la cama. Recorrió con la mirada la habitación de Kelly y al punto recordó dónde y por qué estaba allí. Ah, sí. El plan. Bueno, había funcionado. Había pasado la noche en casa de Kelly para estar disponible cuando Emily despertara.

Se oyó otro chillido desde la habitación contigua y él sonrió.

–Ve tú –Kelly murmuró entre dientes.

Jeff se puso rápidamente los vaqueros. Luego miró a Kelly que dormitaba con la cara enterrada en la almohada y los rizos cobrizos esparcidos sobre ella.

Disfrutó de la visión un largo minuto, con el placer de haber dormido a su lado. El plan había funcionado estupendamente. Él, Kelly y Emily habían pasado la tarde juntos. Durante el paseo, su hija y él se habían hecho amigos.

Afortunadamente era una criatura alegre, dueña de una gran personalidad, heredada más de la madre que del padre. La niña simplemente lo miraba como otra conquista, y esperaba que cayera rendido a sus pies, como todo el mundo lo hacía.

Naturalmente que él obedeció, con un sentimiento de orgullo. Emily era la niña más vivaz que hubiera conocido en su vida. Aunque, a decir verdad, no conocía tantos niños como para hacer comparaciones. Pero cualquiera podía ver que era inteligente, de reacciones rápidas y condenadamente preciosa. Cada vez que dirigía los grandes ojos azules hacia su papá, él sentía más amor hacia ella. Su sonrisa le llegaba al corazón y su llanto se lo partía.

Era sorprendente. Nunca lo hubiera creído. Pero, al parecer, la gente tenía razón. Era imposible saber lo que era el amor hasta no tener un hijo propio.

Desde la otra habitación, su delicada flor dejó escapar otro chillido de protesta. Kelly volvió a abrir los ojos.

—¿Vas a ir a verla o qué? —dijo sin mover un músculo.

—Voy, voy —dijo apresurado, pero antes de hacerlo se inclinó a besar los cabellos de la madre.

–Te daría un beso, pero no puedo moverme –murmuró ella.

–Más tarde –Jeff sabía muy bien por qué Kelly estaba tan agotada. Sonrió para sí al recordar la larga noche anterior.

Después de cerrar suavemente la puerta de la habitación, fue a la de su hija.

Todo tipo de juguetes aparecían esparcidos por el suelo y colocados en estanterías. Afuera, el amanecer comenzaba a despuntar y su tenue luz se perdía en el brillo de la lamparilla de noche en forma de ángel. Jeff apagó la luz y observó la expresión indignada de su hija.

–Buenos días, guisantito –arrulló y tuvo la satisfacción de ver que la rabieta daba paso a una llorosa sonrisa.

Jeff se sintió más contento que si un general le hubiera puesto una medalla en el pecho.

Emily se aferró a los barrotes de la cuna y desesperadamente intentó salvar la barrera que los separaba. Jeff la tomó en brazos y al instante sintió la humedad de los pañales.

–Antes que nada, vamos a mudarte, preciosa.

Ella reía y parloteaba mientras el padre le cambiaba los pañales y luego le ponía un pijama limpio. Trabajo que resultó ser bastante laborioso.

Pero cuando Emily quedó limpia y fresca, la llevó a la cocina.

Con su hija pegada a su pecho, Jeff decidió que ese día iba a ser muy tranquilo.

—¿Por qué no atiende el teléfono? —murmuró al tiempo que miraba furiosa el auricular.

—Porque tal vez está ocupado, querida —dijo la hermana Mary Angela.

—¿Cuánto se tarda en decir: «No puedo atenderte ahora»?

Kelly lo había llamado por primera vez hacía una hora y media y todo iba bien. ¿Dónde podría estar? ¿Por que tendría que haber salido con Emily? ¿Y cómo iba a ella a soportar otra hora sin saber lo que ocurría?

—No se tarda nada, pero quizá ni siquiera puede hacer eso —dijo la monja con una sonrisa destinada a aplacar los nervios de la joven—. Tú querías que el padre de Emily formara parte de su vida, ¿no es así?

—Sí, pero...

—¿Y tú confías en él, verdad?

—Claro que sí, hermana, solo que...

—Solo que no quieres compartir a tu hija, ¿estoy en lo cierto?

Un sentimiento de culpa encendió el rostro de Kelly. ¿Estaba celosa del cariño de Emily hacia él? Se negó a creerlo. Lo que sucedía era que su hija por primera vez se quedaba a solas con su padre, y él no atendía el estúpido teléfono.

–Hermana Angela, lo que pasa es que Jeff nunca ha cuidado a un bebé y...

–Es un hombre adulto, Kelly. Sabrá lo que tiene que hacer. No vale la pena perder el tiempo –dijo la monja al tiempo que miraba el reloj en la pared del despacho–. A menos que quieras molestar a tu joven una vez más, sugiero que tomes tu clase. El recreo está apunto de acabar.

–¿Molestar? –refunfuñó Kelly antes de dirigirse a la puerta.

La directora del colegio la miró con santa paciencia.

–Estará a solas con la niña cuatro horas solamente, querida. ¿Qué desgracia podría ocurrir en tan breve tiempo?

¿Qué otra desgracia podía ocurrir?, se preguntaba Jeff mientras limpiaba el zumo de naranja que se escurría por la mesa de la cocina. Nunca había visto a una criatura que ensuciara tanto.

–Tendría que haber tazas a prueba de derrames, demonios –murmuró al tiempo que arrojaba la taza de plástico al fregadero.

Le echó una mirada a su hija y se preguntó al instante cómo se las ingeniaba Kelly para manejarla. Diantre, tendría que ser un don que Dios otorgaba a las mujeres, pero no a los hombres. Estaba agotado. Menos mal que no tendría que preocuparse del lavado. En las dos últimas horas, había tenido que cambiarle la ropa tres veces.

Pero eso no era ni la mitad de lo ocurrido en ese tiempo. Emily había metido una galleta medio mordida en la ranura del vídeo, había roto el recibo de la tarjeta de crédito de su madre y luego se dedicó a masticar la sección deportiva del periódico.

Y todavía no era mediodía.

Por si eso no fuera suficiente, el teléfono no dejaba de sonar, como si tuviera tiempo para atenderlo. Tal vez no estaba hecho para cuidar a un niño, pensaba amargamente, tentado de tirarse de cabeza a un río.

Luego miró a Emily y la amargura se esfumó ante el resplandor de su sonrisa. La pequeña golpeaba las piernas contra los listones de su silla alta mientras gorjeaba con deleite. Por último decidió arrojar trozos de plátano por la habitación. Uno de ellos dio de lleno en la frente de Jeff y, mientras ella se reía, él suspiraba preguntándose en qué momento iba a perder el control.

Las dos primeras horas habían sido maravillosas. Pero luego las cosas se estropearon. Diablos, tal vez el plan no había sido una buena idea. Nunca se había sentido tan inútil en su vida. En otra situación siempre había tomado

97

la iniciativa. Pero, al parecer, la misión de entretener a una niña estaba fuera de sus posibilidades.

–¿Problemas? –le llegó una voz profunda desde la puerta trasera.

Al ver a Kevin Rogan, Jeff se tragó el gemido que se escapaba por su garganta y se enderezó.

Kevin entró, se quitó la gorra y la puso en el lugar menos sucio de la encimera.

–¿Eso es lo que crees?

Tras pasear la mirada por la cocina, Kevin lanzó un silbido al tiempo que movía la cabeza de un lado a otro.

–Hombre, deberías pensar en pedir auxilio. Parece que te han liquidado –comentó con las cejas enarcadas.

Aunque un segundo atrás Jeff empezaba a pensar lo mismo, no le gustó nada oírlo en boca de ese sujeto.

–Se me ocurre que tú podrías hacerlo mejor

–Demonios –Kevin cruzó los brazos sobre el pecho–. Hasta un asno ciego podría hacerlo mejor.

–Hablando de asnos, ¿cómo fue que llegaste a instructor? –preguntó con sorna mientras cruzaba la habitación para sacar a Emily de la silla. La pequeña, entre risillas, le acarició las mejillas con las dos manitas embadurnadas de plátano. Sin hacer caso de su aspecto, Jeff se acercó al hombretón, tan seguro de sí mismo–.

Veamos lo que puede hacer un instructor militar.

—Con todo gusto —replicó Kevin mientras Jeff depositaba a Emily en sus brazos. Kevin descubrió demasiado tarde que un pegote de plátano decoraba la camisa de su uniforme.

Jeff sonrió. Empezaba a encontrarse mejor.

Mientras Kelly estacionaba en el camino de entrada, notó que el coche de Kevin se encontraba ahí. ¿Jeff y Kevin? ¿Solos los dos? ¿Con Emily como árbitro? Kelly se apresuró hacia la puerta con la llave en la mano.

—Grave error, Kelly —murmuró mientras la metía en la cerradura—. Nunca debiste haberlo consentido. Era para crearse problemas.

Estupefacta por el asombro, contempló lo que parecía ser los efectos devastadores de un huracán. Juguetes, pañales, botes de comida para bebés, entre otras cosas, aparecían esparcidos por la sala de estar. Y en el suelo, con la cabeza apoyada en el vientre de un gran oso de peluche, estaba Kevin de uniforme, profundamente dormido, con un sonajero de Emily aferrado en la mano.

Unos suaves ronquidos atrajeron su atención hacia el sofá. Jeff estaba tendido sobre los cojines, exhausto, con una dormida Emily sobre su pecho. Sus brazos rodeaban el vigoroso cuerpecito mientras ella se chupaba el pulgar, visiblemente satisfecha junto a su padre.

Con una sonrisa, Kelly se apoyó en el marco de la puerta y disfrutó la visión de la hija y del hombre que... ¿amaba?

El corazón le dio un vuelco en el pecho y dejó escapar un suave suspiro. Vamos, la atracción física no le era desconocida, pero, ¿amor? El amor era algo con lo que no había contado.

La siguiente semana pasó rápidamente, los tres en una amable rutina que no dejaba de atemorizar a Kelly. A una parte de ella le gustaba la normalidad de todo aquello. Que Jeff la ayudara con la niña. O saber que los lazos que empezaban a unir a Emily y a Jeff prometían ser perdurables. Pero a la otra parte...

Empezaba a depender de Jeff, y eso no le gustaba. De vez en cuando captaba una mirada pensativa en sus ojos y Kelly intuía que la proposición de matrimonio todavía rondaba por su cabeza. No habían vuelto a hablar del tema, y le estaba agradecida por ello. Pero tarde o temprano, el asunto saldría a la luz. Seguramente Jeff iba a intentar dejarlo solucionado antes de marcharse, dentro de tres semanas.

—No hay una salida fácil —se quejó Kelly en voz alta mientras doblaba una camiseta de Emily.

Desde el andador, la pequeña gorgoriteó

algo que Kelly interpretó como un mensaje de estímulo. Luego se apoyó en los dedos de los pies, agitó los brazos en el aire y empujó el aparato unos cuantos centímetros sobre la alfombra.

–Pronto empezarás a andar, ¿verdad, preciosa? –Kelly se reclinó en el sofá para mirar los esfuerzos de su hija–. Luego vendrá el colegio, y más tarde tu primera cita. Y antes de darme cuenta, te casarás y dejarás sola a tu pobre mamá.

Emily se puso a morder un sonajero de plástico rosado sujeto al andador.

–Sí, e irás del brazo de tu papá hasta el altar y cuando acabe la ceremonia, él se irá por su camino y yo por el mío, sola.

Emily, desinteresada de la conversación, continuaba entretenida en morder el sonajero.

–¿Por qué de pronto la palabra solo suena tanto a... «soledad»?. Sabes que no me atrae el matrimonio. No es que no quiera casarme con tu papá. Lo que no quiero es agregar otro hombre a mi vida.

La pequeña boca dejó escapar unas burbujas de saliva.

–Sabes que tus tíos siempre han sido sumamente mandones y no quiero otro tipo igual –dijo Kelly mientras alisaba la camiseta que había estrujado entre las manos–. Bueno, la verdad es que Jeff no es de esa clase.

Jeff era un hombre acostumbrado a manejarse solo. No era de aquellos que se sentaban en el sillón y gritaban: «Tráeme una cerveza». Kelly sonrió ante ese pensamiento. Jeff no se parecía a ningún hombre conocido, y tal vez por eso estaba tan afligida. A causa de él, había empezado a reconsiderar su decisión de no casarse nunca. Aunque verdaderamente no estaba muy segura de querer hacerlo.

—Primero tienes que saber exactamente lo que deseas —Travis alargó el brazo en busca de la botella de cerveza.

—Eso es fácil. Quiero a Kelly y a Emily. Es todo lo que he dicho en esta última hora.

En la suite de Jeff, Travis, Deke y J.T. sucesivamente se repantigaron en el sillón, en una silla y en el suelo. Durante los últimos años se habían convertido en algo más que amigos para Jeff. Eran su familia.

Travis, uno de seis hermanos, provenía de un pequeño pueblo texano. La familia de Deke, muy tradicional, pertenecía al mundo de las finanzas. J.T. era hijo único de un general de alto rango. En cuanto a Jeff, la única familia que había tenido en su vida se encontraba en esa habitación.

Los tres se miraron antes de volver los ojos hacia Jeff.

–De acuerdo, entonces. Lo que tienes que hacer es pensar en Kelly como lo harías cuando tienes que elegir un blanco, es decir, poner el objetivo en el punto de mira –sugirió Travis.

–¿El objetivo?

–Demonios, sí –intervino Deke–. Entonces tienes que delimitar el campo de acción, organizar el plan de asalto y luego ponerte a cubierto en la oscuridad.

–Tienes que introducirte sigilosamente en el territorio de tu enemigo, bueno, de Kelly, hasta cercarla, sin que se te escape –agregó J.T.

«Desde luego que sí», pensó Jeff. Tenía mucha práctica en ese tipo de maniobras. Después de todo, intentar convencerla de que se casara con él sería tan peligroso como introducirse en territorio enemigo.

–Te quedan tres semanas, Jeff –le recordó Travis–. Sácales provecho, chico.

–Tiene razón –convino Deke.

J.T. alzó su cerveza a modo de silencioso brindis y Jeff se acercó al teléfono.

El repiqueteo del teléfono interrumpió los pensamientos de Kelly.

–¿Diga?

–Hola, Kelly. ¿Crees que podrías conseguir que uno de tus hermanos cuidara a la niña esta noche?

Kelly, atenta a la reacción de su cuerpo ante la voz profunda y sensual de Jeff, hizo un esfuerzo para concentrarse en la conversación.

–Supongo que sí. ¿Por qué?

–Pensaba invitarte a salir esta noche –dijo en tono suave e íntimo.

Una onda de calor invadió a Kelly.

–De acuerdo. ¿A qué hora?

–Te iré a buscar a las siete.

–Estaré lista.

Jeff cortó la comunicación y luego alcanzó su cerveza. Tras esperar que sus amigos hicieran lo mismo, alzó la botella.

–Blanco obtenido.

Capítulo Nueve

Debería haber adivinado que él iba a jugar sucio.

Aunque en guardia, Kelly sabía que no era fácil mantenerse firme contra un hombre como Jeff, especialmente cuando estaba decidido a ser romántico. Y cuando se sentía medio enamorada de él.

Y Jeff lo había organizado todo cuidadosamente.

Desde un cielo tachonado de estrellas, la luna derramaba su luz sobre la superficie del mar. Una brisa suave jugueteaba con la arena y con los cabellos de Kelly, en torno al cuello alto del jersey color turquesa. Mientras Jeff le volvía a llenar la copa con champán, ella paseaba la mirada por la pequeña cala y se decía que él había elegido bien el sitio.

Esa era la playa de ambos. El lugar donde le había salvado la vida dieciocho meses atrás, donde todo había comenzado.

Dentro de unos meses, la playa se llenaría de gente, en su mayor parte adolescentes, in-

cluso de noche. Pero en ese momento estaba
desierta.

Estaban rodeados por grandes rocas, y arriba, en lo alto del acantilado, había un restaurante de cinco estrellas. La suave melodía de
un piano llegaba hasta ellos y parecía fundirse
con la bajamar.

—¿Más champán? —preguntó Jeff.

—Sí —dijo ella, aunque una voz interior le advirtió que se mantuviera alerta.

La romántica puesta en escena era perfecta.
Un mantel extendido en la arena, velas bajo una
pantalla protectora, champán frío y una bandeja
con entremeses. La luz de la luna se reflejaba en
los ojos azules del hombre. De pronto, una ola
de deseo se apoderó del cuerpo de Kelly.

Tenía que conservar la calma. Jeff empleaba
armas pesadas contra ella, y si no tenía cuidado, pronto sería capturada.

Aunque en ese momento no le parecía mala
idea.

Kelly se llevó la copa a los labios, bebió un
sorbo y disfrutó de las burbujas frías que se
deslizaban por su garganta.

—Realmente te has tomado muchas moles-
tias esta noche, Jeff.

—Ninguna molestia —dijo él mientras se ser-
vía más champán.

Ella se echó a reír al tiempo que movía la cabeza de un lado a otro.

–Primero instalaste todo esto, incluso dejaste a alguien de guardia mientras me ibas a buscar.

Kelly no había visto bien al hombre que Jeff despidió con unas señas al llegar a la playa, pero le pareció que era un marine.

–Era Travis Hawks. Un miembro de mi equipo.

–Háblame de tu equipo.

Él la miró durante un largo instante y Kelly supo que había notado que estaba en guardia. Jeff se encogió de hombros, como si no le importara demasiado.

–Son tres. Travis, Deke y J.T. Llevamos juntos mucho tiempo. El tiempo suficiente como para contarnos nuestras cosas.

–Sois buenos amigos –juzgó Kelly, más por su tono cálido que por las palabras.

–Los mejores amigos –afirmó Jeff con una sonrisa–. Incluso más que eso. Somos una familia.

Familia. Lo dijo como si fuera algo sagrado y ella comprendió al instante cuánto significaba para él.

Cuando se conocieron, Jeff no había hablado mucho de su infancia, pero sí lo suficiente como para concluir que no había sido fácil. Kelly sabía que se había criado en un orfanatos antes de ser enviado a una casa adoptiva, cuando era casi un adolescente. Una edad tardía para entablar auténticas relaciones familiares.

Era un hombre que se había hecho a sí mismo. Y no le costaba nada imaginarlo a los dieciséis años. Alto, apuesto, con ojos sombríos, de talante reservado. Un solitario.

Muy parecido al hombre que era en la actualidad. Excepto en sus relaciones con ella y Emily.

Kelly se sintió impactada. La familia también era importante para ella, criada entre cuatro hermanos excesivamente protectores, pero que la amaban.

A pesar de la pérdida de sus padres en un accidente de tráfico hacía cinco años, los hermanos permanecieron unidos. Si la familia significaba tanto para ella, ¿que sería para un hombre que nunca había sabido lo que era?

–Hemos estado metidos en situaciones muy comprometidas –hablaba Jeff y ella se obligó a prestarle atención–. Pero cada uno sabe que ahí están los otros para guardarle las espaldas.

–Háblame de una misión típica –pidió, deseosa de seguir escuchando el sonido de su voz y también con la certeza de que si Jeff hablaba de su trabajo, la conversación no tomaría derroteros para los que no estaba preparada.

Jeff se echó a reír.

–No hay misiones típicas. Todas son diferentes. Realmente no puedo hablar de lo que hago.

–¿No puedes o no quieres?

–Me parece que ambas cosas. La mayor parte de lo que hacemos es de máximo secreto. No sé si conoces la broma que dice: «Te lo contaría, pero luego tendría que matarte».

–Encantador –comentó Kelly mientras se llevaba la copa a los labios.

–No es un trabajo fácil –continuó con los ojos fijos en ella–. Pero es importante y lo hago bien.

–Te creo –murmuró.

Incluso en reposo, el cuerpo de Jeff siempre estaba alerta, listo para entrar en acción, para enfrentar el peligro. Kelly sabía con certeza que si alguna vez se encontraba en una situación de emergencia, querría que enviaran a un hombre como Jeff Hunter en su rescate.

–Pero no quiero hablar de mi trabajo esta noche. Habla tú.

–¿Acerca de qué?

No tenía nada emocionante que contar, ni grandes aventuras que compartir. Su vida era bastante corriente.

–Acerca de ti. Emily. Tus hermanos –la voz de Jeff se endureció en las últimas palabras.

Kelly se echó a reír.

–Lo creas o no, son muy buenos hermanos. Siempre fuimos una familia unida, pero tras la muerte de nuestros padres, lo somos más aún. Excepto cuando tengo que luchar con dientes y muelas para recordarles que soy una mujer adulta y puedo cuidar de mí misma –comentó. Jeff le dirigió una sonrisa–. Incluso así es bueno contar con ellos –dijo pensativamente–. Nuestras madre siempre repetía: «La familia es lo primero», y tenía razón. Incluso cuando me irritan hasta lo indecible –hizo una pausa y movió suavemente la cabeza–, están allí cuando los necesito. Como yo lo estoy para ellos. Y eso no tiene precio.

–Así es –murmuró Jeff con la voz apretada.

En su tono había algo más que el deseo de oírle a hablar de su familia. Pero Kelly no sabía a ciencia cierta qué era. Así que para aligerar el momento, le sonrió con buen humor.

–Chico, debes de tener muchos deseos de oírme si estás dispuesto a escuchar mis alabanzas hacia mis hermanos.

Él esbozó una sonrisa y encogió un hombro.

–Realmente no hemos comenzado bien. Pero los comprendo bien.

–¿De veras?

–Sí –dijo con un antebrazo apoyado en la rodilla alzada–. Si un tipo le hiciera la corte a Emily y luego la dejara sola y embarazada, le daría caza como a un perro –declaró con una mueca inexorable.

Por una parte, Kelly se sintió conmovida por su afán protector hacia su hija, pero su corazón independiente algo tenía que decir.

—Jeff, tu no me dejaste embarazada y sola.

—Sí, lo hice.

—Cuando te marchaste ninguno de los dos lo sabía.

—Pero eso no cambia los hechos, ¿verdad?

Después de beber el último trago de champán, se levantó y con los brazos cruzados sobre el pecho, se puso a contemplar las aguas oscuras y el sendero de luz que la luna proyectaba hacia el infinito.

Kelly dejó a un lado su copa y se colocó frente a él con las manos apoyadas en los brazos de Jeff. Lo miró fijamente hasta que él bajó la vista hacia ella.

Kelly notó su mirada sombría, aunque no habría podido asegurar si era de rabia o de dolor.

—Tú no lo sabías —repitió con firmeza.

Él apretó los dientes.

—Pero eso no cambia las cosas.

—Y no estaba sola. No es necesario que te lo repita. Bien sabes que los chicos se dejan caer por casa casi todos los días para ver cómo cuidas a Emily.

En efecto, casi no pasaba un día sin que uno de los Rogan pasara por casa de Kelly, cuando estaba en su trabajo. Y aunque la semana había empezado mal, hasta Kevin se había ablandado un poco con Jeff.

Kelly no estaba segura de si era mejor que

apreciaran o detestaran a Jeff. De cualquier forma, los hermanos hacían muchos comentarios sobre él.

—No, no estabas sola —admitió al tiempo que la abrazaba—. Pero yo estaba ausente. Y debería haber estado allí.

—¿Vas a pasarte los próximos veinte o treinta años castigándote por eso? —preguntó exasperada.

—¿Qué esperas que haga?

—Espero que lo superes. Emily está aquí. Mi embarazo concluyó con un parto feliz, y todo el mundo está bien.

Él le rodeó la mejilla con la palma de la mano.

—Sí, pero hay algo más. Me hubiera gustado verte embarazada.

Kelly se echó a reír.

—No te perdiste mucho, créeme. No olvides que la semana pasada te conté que parecía un balón.

—Sí, pero apostaría a que estabas preciosa —murmuró. Todavía riendo, ella intentó dar un paso atrás, pero él la estrechó entre sus brazos—. Estabas embarazada de mi hija. Entonces, ¿cómo podría dejar de pensar que te veías preciosa?

Kelly sintió que se derretía, mientras la miraba al fondo de los ojos verdes. Entonces sonrió, y Jeff sintió el corazón más aliviado.

La había escuchado cuando hablaba de sus hermanos, de los fuertes lazos que los unían, y le había conmovido el amor que había en su voz. Él la había visto con ellos, con Emily, y anhelaba que lo incluyera en el grupo familiar.

Un anhelo que se remontaba a su niñez, aunque eso era un deseo impreciso de pertenencia. En ese momento sabía que quería pertenecer solo a Kelly. Quería formar parte de su cálido y generoso corazón.

Y no exclusivamente por Emily.

Estaba enamorado. Por primera y última vez en su vida. Y lo quería todo. Desesperadamente.

—Te amo —dijo lentamente como si disfrutara del sabor de esas palabras en su boca.

Nunca antes lo había dicho. Nunca pensó que alguna vez podría pronunciar esas palabras, ni que desearía expresarlas.

Pero en ese momento, no deseaba más que repetírselas a ella durante el resto de su vida.

—No, Jeff...

—No, ¿qué? ¿Que no te diga lo que siento? ¿Que no te pida que te cases conmigo?

—No se trata de amor, Jeff —dijo ella al tiempo que apoyaba las manos en su pecho y lo empujaba hacia atrás.

Pero Jeff la estrechó con más fuerza.

—¿De qué se trata, entonces?

—De Emily. De nuestra hija y de tu concepto del deber.

–Tal vez empezó de esa manera –admitió Jeff.

Realmente había empezado de esa manera. Supo lo que tenía que hacer desde que descubrió que había engendrado un hijo. Pero en la actualidad era mucho más que eso. Era todo.

–¿Tal vez?

–De acuerdo, tal vez no. Pero ahora las cosas son diferentes.

–Diferentes, ¿cómo? –inquirió al tiempo que lograba separarse de él, pero se tambaleó sobre la arena y Jeff de inmediato la ayudó a mantener el equilibrio–. ¿Ya no sientes que tienes un deber hacia nosotras?

–Desde luego que sí; pero eso no es todo.

Ella suspiró y se despejó los cabellos de la cara.

–Sí, lo es. No es necesario que me cuides. Puedo hacerlo sola.

–Ya lo sé –dijo a conciencia. Diantre, esa era una de las cosas que más apreciaba en ella. Su espíritu independiente. Era una mujer que hacía lo que tenía que hacer, sin esperar sentada que alguien fuera a ayudarla. En suma, ...era la mujer perfecta para un marine–. Es algo que admiro en ti –añadió.

Kelly alzo la barbilla.

–Gracias. Me lo he ganado a pulso. Tengo cuatro hermanos que se han pasado la vida diciéndome lo que hay que hacer, y cómo y cuándo hacerlo.

–Yo no soy como ellos.

–Pero eres un hombre, ¿no?

–Claro que lo soy –replicó airado–. Pero también soy un marine profesional. ¿Crees tú que queremos tener mujeres que no puedan valerse por sí mismas? Un marine necesita una mujer con los pies bien plantados en la tierra. Que pueda tomar decisiones, pagar las facturas y hacerse cargo sola de los pequeños desastres –hizo una pausa al tiempo que pensaba que debía calmarse. No iba a ganar esa partida a gritos–. Créeme, querida. Tu independencia es tan importante para ti como para mí.

–Lo dudo –soltó Kelly–. Tuve que pelear mucho para conseguirla. Aunque es posible que creas lo que dices...

–¿Posible?

–Sin embargo –continuó ella como si no la hubiera interrumpido–, no voy a ceder solo porque pienses que tienes una deuda conmigo.

–¿Deuda? –repitió, atónito–. ¿Eso es lo que crees realmente? ¿Que todo esto tiene que ver con una deuda?

Quien iba a decirle que cuando confesara estar enamorado, por primera vez en su vida, no lo creerían.

–Si es por eso, pude haber pagado mi deuda con un talón para ti y la niña.

–No quiero tu dinero.

115

–Lo sé –exclamó al tiempo que alzaba las manos y luego, derrotado, las dejaba caer a los costados.

–Bien, me alegra que eso quede aclarado.

Jeff negó con la cabeza.

–No está aclarado –dijo al tiempo que la estrechaba entre sus brazos. Kelly tuvo que echar la cabeza hacia atrás para mirarlo. Jeff paseó la mirada por su rostro–. Lo que siento no tiene nada que ver con una deuda, Kelly.

Luego inclinó la cabeza y besó esa boca que todavía lo hacía soñar. Entonces, a través de ese beso, le entregó todo lo que era, todo lo que llegaría a ser. Un beso largo, lento y profundo que los consumió a ambos, los abrasó en su llama ardiente.

Por fin, él se apartó para mirarla a los ojos.

–Kel, ¿crees que lo que acabas de sentir es el pago de una deuda?

Capítulo Diez

Otra semana transcurrió velozmente, y a medida que pasaban los días, Jeff era más consciente de que el tiempo se le escapaba de las manos. Dos semanas más y tendría que volver a marcharse.

Y a menos que pudiera llegar antes a un acuerdo con Kelly, presentía que se iba a sentir muy desgraciado. Pero ella era tan testaruda como hermosa. Ni siquiera quería oír hablar de casarse con él. Y para empeorar las cosas, había decidido que, en vista de que no podían llegar a un acuerdo, sería mejor para ambos no volver a dormir juntos.

Jeff se miró con rabia en el espejo.

—Eres un desastre con las mujeres –dijo a su imagen y no se sorprendió al ver el mal gesto que le devolvía el hombre del espejo–. Sí, impresionante. Ahora ella no solo está decidida a permanecer soltera, sino que célibe también. Bonito trabajo has hecho –añadió mientras empezaba a afeitarse.

Maldición. Nunca se había sentido tan frustrado. Y no pensaba solo en el sexo.

No, Kelly había destrozado las bellas fantasías creadas por su imaginación.

Toda su vida había sido un espectador, un marginado que miraba la vida pasar por su lado. Hasta su incorporación en el Cuerpo de Marines, siempre se había sentido como un chico ante el escaparate de una confitería. Capaz de ver todas las bondades que la vida podía ofrecer, pero incapaz de alcanzarlas. Finalmente había renunciado a cualquier deseo, con el pensamiento puesto en que algún día encontraría el modo de tener aquello que el resto del mundo parecía dar por descontado.

Entonces, inesperadamente, tropezó con «aquello».

Jeff se inclinó con las manos aferradas al borde del lavabo. Aquello había sido bueno. Pero otra vez se quedaba afuera, y no por su voluntad, ciertamente.

La punzada de dolor que sintió ante el pensamiento de que había sido rechazado cuando estaba a punto de alcanzar su sueño, casi le hizo caer de rodillas. Entonces, una sensación de vacío, totalmente devastadora, se apoderó de su ser. Jeff se quedó mirando al hombre del espejo como si esperara de él algún consejo útil.

Pero no hubo respuesta. Solo otra ola de honda fatiga que redobló su pesadumbre.

Estaba cansado, los ojos le quemaban. ¿Pero cómo podía dormir con las imágenes de Kelly rondando incesantemente por su cabeza? Su rostro, su cuerpo, su risa. Durante la última semana, cada vez que se dormía, despertaba minutos más tarde, hambriento de ella y solo. Demonios, dormía más cuando se encontraba en una misión.

De pronto, se hizo un pequeño corte en la barbilla y suspiró disgustado cuando la blanca espuma de afeitar se tiñó de rojo.

–Perfecto. Tal y como me encuentro, debo agradecer que el corte sea pequeño –murmuró.

Otra noche más de insomnio, y hasta afeitarse sería peligroso.

Entonces sonó el teléfono y fue a atenderlo, aliviado de hacer algo que lo apartara de sus pensamientos. Con la toalla enrollada en el cuello, se aferró al auricular como un náufrago al salvavidas.

–¿Diga? –dijo con la esperanza de oír una voz femenina levemente ronca.

–Hola, jefe –saludó Travis.

Jeff ahogó la desilusión y se sentó al borde la cama. Diantre, ¿se estaba volviendo estúpido, o qué? Primero esperaba algo que le evitara pensar en Kelly, y luego se sentía desilusionado porque no era ella.

–Hola, Travis. ¿Qué pasa?

–Casi nada, los permisos son muy aburridos.

Todo dependía de cómo uno organizaba los tranquilos días del tiempo de permiso. Jeff no había tenido oportunidad de aburrirse durante esas dos semanas.

–Seguro que sí.

–Los chicos me pidieron que te informara de que vamos a ir a Tijuana. ¿Quieres unirte al grupo?

–Bueno, yo...

La mirada de Jeff se posó en las puertas de cristal que dejaban pasar la luz del sol a la habitación e iluminaban un rectángulo de la alfombra. Su mente consideró rápidamente las opciones.

¿Tijuana con sus amigos o pasar todo la tarde de un sábado observando cómo Kelly evitaba quedarse a solas con él? Jeff se pasó una mano por la cara. Quizá lo mejor para él y Kelly sería poner un poco de distancia entre ellos.

Habían estado frente a frente durante dos intensas semanas. Y en los últimos días, la tensión entre ellos había aumentado considerablemente.

Sería mejor irse con los muchachos. Eran su familia, y en ese momento los necesitaba: tenía una enorme necesidad de pertenencia.

–Jefe, ¿estás ahí?

–Sí, sigo aquí. De acuerdo, contad conmigo. ¿Cuándo partimos? –preguntó, súbitamente convencido de que su decisión era acertada.

–Deke irá a recogerte dentro de media hora.

–Estaré listo.

Tras cortar la comunicación se quedó con la mirada fija en el teléfono. Todo lo que tenía que hacer era llamar a Kelly y decirle que no iría a verla. Y esperaba no notar alivio en la voz de ella.

–¿Dónde está el sargento? –preguntó Kevin mientras se sentaba en el porche.

Kelly alzó la vista del macizo de flores en el que trabajaba hacía una hora, y le lanzó una rápida mirada. Desde la llamada de Jeff para decirle que no iría ese día, se sentía dividida entre el alivio y la desilusión. Aunque echaría de menos su voz, su risa, también necesitaba un poco de tiempo de recogimiento, de reflexión. Y eso era lo que intentaba hacer cuando Kevin se instaló en el porche como si quisiera pasar el día allí.

–Ha ido a Tijuana con sus amigos.

–Muy bien –dijo al tiempo que bebía un sorbo de té frío.

Sentada en los talones, Kelly se despejó la cara.

–¿Qué quieres decir?

–Nada –dijo con el vaso entre ambas manos y con la mirada puesta en la tranquila calle arbolada. Era evidente que lo hacía para evitar la mirada de Kelly.

Maldición. Había demasiados hombres en su vida. La irritación se apoderó de ella y respiró a conciencia para calmarse. No lo logró.

—Dilo ya de una vez, Kevin —dijo en tono inexpresivo—. No me hagas perder tiempo. Todavía tengo que arrancar las malezas y plantar pensamientos.

«Y mucho que pensar, y planes que hacer y también añorar a Jeff», añadió para sí.

Kevin la miró pensativo durante largo tiempo.

—De acuerdo, lo diré —dijo al fin—. Me alegro de que no esté aquí. Estoy cansado de tropezarme con él cada vez que vengo a visitar a mi sobrina.

Kelly se sorprendió. Un interesante cambio de parecer. Desde el nacimiento de Emily, Kevin y los trillizos no hacían otra cosa que esperar que Hunter apareciera para obligarlo a casarse con ella. Y cuando Jeff se encontraba allí, decidido a hacerlo, Kevin cambiaba radicalmente de postura.

—De acuerdo, ¿qué te pasa? Eres tú el que durante año y medio ha llevado la iniciativa en lo de «Kelly tiene que casarse».

—La palabras adecuadas serían: «Llevó la iniciativa».

Kelly le lanzó una mirada llena de irritación.

—Explícate de una vez por todas.

—Ya no quiero que te cases con él.

Ella parpadeó. Distraídamente oyó el gorjeo de Emily y los gritos de los niños que jugaban en la calle. Una suave brisa le alborotaba los rizos mientras enterraba con fuerza la pala en la tierra húmeda. Luego volvió a sentarse, se quitó la tierra de las manos y miró a su hermano mayor.

–¿Por qué ese cambio? –preguntó con suavidad.

–Simplemente porque he cambiado de parecer.

Kelly se echó a reír y Kevin le lanzó una mirada de advertencia.

–Lo siento, me parece tan difícil que cambies de parecer como que la Tierra cambie de órbita.

–Muy graciosa.

«Bromas aparte, Kevin es realmente testarudo», pensó. Aunque, al parecer, lo era hasta ese momento.

–De acuerdo –dijo en tono conciliador al recordar que ese hombre siempre la había querido entrañablemente–. Has cambiado de parecer. ¿Por qué?

Kevin apoyó los brazos en las rodillas y se quedó pensativo un buen rato. Finalmente, alzó la vista hacia ella.

–Él es jefe de un equipo de Reconocimiento, Kelly. Y esos no son hombres de familia. No son buenos maridos.

Kelly sintió que se le apretaba el corazón, aunque no hubiera sabido decir por qué. Al fin y al cabo no quería casarse con Jeff, ¿verdad? Así que, ¿qué podría importarle que de pronto su hermano se hubiera puesto de su parte? ¿O era una necesidad instintiva de defender a Jeff?

–¿Por qué?

–Kelly, los de Reconocimiento se encargan de los trabajos más sucios y peligrosos de las misiones.

Ella ya lo sabía. Jeff le había contado parte del trabajo que debía realizar. El resto lo había obtenido por su cuenta. Actualmente, era asombrosa la cantidad de información que se podía obtener en la Red de Internet.

Lo que había encontrado la dejó aterrorizada un buen tiempo. Era un trabajo para un hombre solitario. Un hombre capaz de mantener en secreto el lugar donde se encontraba y qué hacía específicamente. En todos esos meses, se había preguntado si él recurría a los buenos recuerdos para sentirse acompañado en esas largas noches oscuras, con el peligro agazapado por doquier. Un escalofrío le recorrió la espalda.

–La mayor parte del tiempo –decía Kevin–, tienen que marcharse en cuanto reciben un aviso. Y no pueden decir adonde se dirigen.

–Ya lo sé. Yo soy la que recibía postales de todas partes del mundo, ¿recuerdas?

–Postales –bufó Kevin–. ¿Esa es la clase de marido que deseas para ti? ¿Un marido ausente durante largos meses? ¿Y tú sin saber dónde está o qué es lo que hace? ¿Preocupada por él durante el resto de tu vida?

Kelly lo miró con dureza.

–Para ya, Kevin. Hablas como si los marines de las Fuerzas de Reconocimiento fueran los únicos que tienen que dejar a sus familias para hacer su trabajo. No olvides que a ti te sucedía lo mismo. Hasta que te nombraron jefe de instrucción. Y otra vez volverás a lo mismo cuando acabe tu período como instructor.

–Es cierto. Me volverán a destinar a un lugar. Pero siempre sabrás dónde me encuentro.

–Pero no por eso dejaré de inquietarme –replicó con las manos en las caderas.

Kevin dejó a un lado su vaso y también se puso de pie.

–No, pero siempre podrás comunicarte conmigo. Sin embargo, no pudiste hacerlo con tu sargento cuando descubriste que estabas embarazada.

–Si hubiera sido su esposa, me habría comunicado con él –dijo Kelly sin pensar que había utilizado la palabra «esposa» con toda naturalidad. Pero en ese momento estaba demasiado alterada para darse cuenta.

—Demonios, Kelly, preguntaste mi opinión y te la doy.

—Sí, pero ahora he cambiado de parecer. No me interesa tu opinión.

—¿Porque no te gusta oírla? —dijo al tiempo que la asía del brazo—. ¿Por qué demonios lo defiendes? Creía que no querías casarte con ese tipo.

—No quería, es decir, no quiero —soltó la joven. Luego con un movimiento negativo de la cabeza, se zafó de la mano de Kevin. Todo era demasiado confuso. No deseaba casarse, pero tampoco quería que su hermano criticara a Jeff por hacer su trabajo. Por ser un marine hasta los huesos, como de hecho lo era.

Jeff estaba solo. No tenía una familia a la que cuidar ni tampoco importunar. Todo lo que tenía era ella. Y Emily. De pronto sintió en su corazón un tintineo suave y dulce, que rechazó al instante.

—Pero...

—Es mejor que te vayas —murmuró al tiempo que intentaba aclarar sus pensamientos.

—Kelly, soy tu hermano y...

—Y yo no tengo doce años —espetó furiosa.

—No he dicho eso.

—No, pero actúas como si los tuviera. ¿No te das cuenta de que puedo hacerme cargo de mi propia vida? —Kelly sacó a Emily del andador y la acomodó contra la cadera—. En lugar de dedicarte a organizar mi vida, ¿por qué no creas la tuya propia? –añadió al tiempo que lo fulminaba con la mirada.

Kevin la observaba con la boca abierta. Entonces, ella subió los escalones del porche, entró y cerró la puerta.

Cuando Jeff llamó unas horas más tarde, Kelly todavía estaba alterada. Nada tenía sentido para ella en ese momento.

Nunca había deseado un marido, pero quería a Jeff. No admitía amarlo, pero lo necesitaba. Y el pensamiento de su próxima partida, Dios sabía a qué clase de peligros, la hacía temblar.

–Kelly, ¿estás bien?

Ella se pasó la mano por el pelo, miró a la hija de ambos, que alegremente machacaba guisantes con el puño, y forzó una sonrisa.

–Sí, estoy bien. Pero no te oigo con claridad. ¿Qué has dicho?

Él dejó escapar una risita.

–Preguntaba si querrías cenar conmigo esta noche.

Había sido un largo día sin él. Se había acostumbrado a su presencia. A verlo diariamente. A oír su voz, ver su sonrisa, y contemplarlo junto a Emily.

Su partida estaba muy cercana. Otra vez habría que examinar el buzón, con la esperanza de encontrar una postal de algún lejano lugar. ¿Por qué no pasar todo el tiempo posible a su lado?

¿Por qué rechazar el contacto de sus brazos alrededor de su cuerpo? ¿Por qué condenar a ambos a la soledad, dos semanas antes de tener que separarse de verdad?

—¿Estás ahí?

—Sí, lo siento, Jeff. Ha sido un día muy largo, me temo.

—Si estás demasiado cansada, entonces...

—No —lo interrumpió al punto—. Estoy bien. Y... me encantaría cenar contigo. ¿A qué hora?

—A las ocho —dijo Jeff suavemente—. Ponte algo maravilloso.

—A las ocho —repitió ella con la mente puesta en el armario—. Estaré lista a esa hora.

Capítulo Once

El restaurante Quiet Cannon, en Laguna Beach, estaba situado al borde de un acantilado. Las paredes de cristal miraban al océano, y cada mesa estaba dispuesta de modo que los comensales pudieran disfrutar del paisaje.

Una suave música llegaba del bar y se confundía con el murmullo de las conversaciones, mientras los camareros se afanaban silenciosamente entre las mesas.

—Esto es precioso —comentó Kelly al tiempo que le dirigía una sonrisa sobre el blanco mantel de lino que cubría la mesa.

—No —respondió Jeff mientras la miraba por décima vez en media hora—. Tú estás preciosa. El restaurante solo es bonito.

—Gracias —dijo ella, muy amable, como si esa fuera la primera cita entre ellos—. Te ves muy apuesto con tu uniforme.

—Había que elegir entre el uniforme o colarme en el restaurante vestido con vaqueros y zapatillas deportivas. No tenía un traje apropiado.

–Me encanta verte de uniforme y observar la reacción de la gente cuando te mira.

Jeff tuvo que admitir que los uniformes siempre atraían la atención. Por esa razón, los marines de permiso solían vestir de civil.

–Pero la gente no me mira a mí, cariño. Te ven solo a ti, y probablemente se preguntan cómo un tipo como yo tiene la suerte de acompañarte.

Ella le sonrió. Sin embargo, lo que él había dicho no era sino la verdad. No había dejado de contemplarla desde que la fue a recoger a casa.

El vestido, de un suave tono amarillo, le sentaba maravillosamente. Como si hubiera sido diseñado exclusivamente para ella. El generoso escote dejaba entrever el nacimiento de los pechos y las mangas cortas realzaban los brazos esbeltos y bronceados. La falda, por encima de las rodillas, se arremolinaba en torno a las hermosas piernas a cada paso que daba.

Se había recogido la melena en la nuca con un pasador de plata, de modo que la cara lucía despejada; aunque algunos rizos rebeldes alborotaban en la frente. El trémulo resplandor de las velas hacía brillar los pendientes de plata y el brazalete que siempre llevaba en la muñeca izquierda.

Los ojos verdes, prácticamente refulgían a la tenue luz y Jeff pensaba que sería felíz contemplándolos toda su vida.

Sin embargo, cuando el camarero llevó la cuenta, tuvo que aceptar que la velada casi concluía y todavía quedaba tanto por decir.

Demonios, se había pasado la mayor parte del día planeando lo que diría a Kelly en el próximo encuentro. Y en ese momento, junto a ella, lo único que sabía hacer era mirarla como un mudo y torpe colegial.

Después de pagar, alargó una mano hacia Kelly y la guió fuera del comedor.

Se sintió muy orgulloso al notar las miradas de admiración de algunos hombres cuando pasaban cerca de ellos. Kelly era preciosa, y a él le gustaba que los demás lo apreciaran. Pero ella era mucho más que una cara bonita.

Tenía temple, coraje y orgullo. Tenía una sonrisa cautivadora. Era tierna y cariñosa. Diablos, lo era todo.

Fuera del comedor, el viento frío se hizo sentir con insistencia. Jeff le rodeó los hombros con la estola blanca, de un suavísimo tejido. Kelly sonrió agradecida y, cuando él iba a besarla, apareció el portero encargado de estacionar los coches.

—No nos vamos todavía —dijo Jeff al joven—. ¿Quieres pasear conmigo? —preguntó a Kelly, deseoso de que la velada no acabara todavía. No se iría sin decirle lo que necesitaba expresar.

—Desde luego que sí —dijo ella.

Se puso a su lado, y juntos dieron una vuelta por los alrededores del restaurante, a través de las sombras.

Llegaron a un pequeño patio, muy próximo al borde del acantilado. Varios metros más abajo, las olas rodaban hacia la playa. Una y otra vez golpeaban la arena y luego se recogían. Pero allí, rodeados de macetas de flores, con la tenue luz que llegaba del comedor detrás de ellos, estaban solos y en paz.

Jeff se decidió a sacar de su interior todo lo que lo había atormentado durante el día.

—Hoy he reflexionado mucho —dijo suavemente mientras miraba las aguas oscuras.

—Yo también —respondió Kelly escuetamente. Jeff no pudo evitar preguntarse qué había pensado.

Había pasado horas recorriendo Tijuana, la Meca de los turistas, pero casi no vio nada. Sus pensamientos estaban concentrados en Kelly. Y Emily. Y en el hecho de que pronto tendría que marcharse. Un hombre que tenía un hijo debía reconsiderar todos los aspectos de su vida. Había empezado a pensar que no iba a vivir eternamente, especialmente a causa de su profesión de alto riesgo. Y a ese pensamiento le siguieron otros. No estaba seguro de poder expresarlos con claridad. Aunque tal vez no habría necesidad de hacerlo.

Ella estaba tan cerca, que sentía el roce de

su brazo en el suyo. La brisa le llevaba su perfume y Jeff lo aspiró para dejarlo grabado en su alma.

Volvió la cabeza y la miró con el deseo de recordarla así para siempre. A la tenue luz de las estrellas, y de la llama temblorosa de las velas colocadas en las mesas del patio desierto, Kelly parecía un sueño. La falda del vestido flotaba en torno a sus piernas y cuando se acomodó la estola sobre los hombros, el movimiento puso al descubierto el nacimiento de los pechos, gesto que dejó a Jeff casi sin aliento, incapaz de elaborar algún pensamiento racional.

Entonces desvió la mirada a la vastedad del océano y respiró profundamente, dispuesto a la batalla.

–Kelly, quiero que te cases conmigo.

–Jeff –dijo con leve impaciencia.

Jeff pensó que había sido una gran proeza dejar salir lo que había guardado durante toda la velada. Solo que tendría que insistir. Y rápido.

–Escúchame solo un minuto, por favor.

La mirada de Kelly se había oscurecido y Jeff no pudo saber qué pensaba. Pero a juzgar por su reacción, sabía la respuesta de antemano. Entonces dejó escapar el discurso que había preparado toda la tarde en Tijuana.

–No se trata de nosotros –dijo, pero al notar

133

su mirada incrédula, rectificó–. De acuerdo, no solo de nosotros. Se trata de Emily también.

–¿Emily?

Jeff sintió que se le apretaba el corazón, pero tenía que seguir adelante.

–Demonios, Kelly, ya sé que no quieres casarte conmigo. Pero lo menos que puedes hacer es dejarme asegurar económicamente a mi hija.

–¿De qué estás hablando? –preguntó con la mirada clavada en sus ojos.

Él le tomó un brazo con firmeza, al tiempo que buscaba las palabras adecuadas. ¿Por que era tan difícil encontrarlas?

–El Cuerpo de Marines se preocupa por su gente, Kelly. Mi hija tiene derecho a todos mis beneficios, como también a asistencia médica y a todos mis haberes, si me sucede algo –puntualizó. La escasa luz no le impidió observar que ella se ponía pálida. Ese detalle lo estimuló a proseguir–. Déjame hacer esto, Kelly. No es por ti. Sé que sabes cuidar de ti misma. Pero permíteme hacer lo que pueda por mi hija, velar por ella.

–Oh, Jeff...

La cabeza le daba vueltas. Si Jeff no la hubiera sostenido firmemente como lo hacía, se habría ido contra el borde del acantilado. Pensó que era una sensación extraña, porque sabía perfectamente que el trabajo de Jeff era muy peligroso. No había pensado en otra cosa durante todo el día. Pero sus palabras la habían impactado.

Las facciones de Jeff estaban tensas. Ella sabía cuánto le costaba rogar. Sin embargo, había dejado de lado el orgullo en beneficio de Emily. Jeff Hunter era uno de los hombres más fuertes que había conocido. No obstante rogaba, decidido a hacer lo que fuera por Emily. Kelly sintió que una ola de ternura invadía todo su ser, y entonces fijó la vista en los claros ojos azules.

—Di que sí.

Una parte de ella deseaba acceder, y eso la afligía. Nunca habría aceptado que un hombre se hiciera cargo de su vida. Siempre había estado orgullosa de su independencia. Pero, ¿cuál era el precio que estaba dispuesta a pagar por esa libertad?

¿Podría volver a negarse, a sabiendas de lo que le costaría a él? No quería que se marchara, que se comprometiera en situaciones peligrosas con la creencia de que no tenía a nadie que lo esperara en casa.

No quería que se sintiera solo. A la deriva. En el mundo plagado de riesgos en que vivía y luchaba, era importante que tuviera lazos que lo sujetaran al mundo real. Jeff necesitaba saber que le importaba a alguien.

Que era importante para Emily y para ella.

Y de hecho lo era. Se casara o no, Kelly sabía que Jeff siempre ocuparía su corazón. La magia que había encontrado con él hacía un año y medio, no solo se mantenía, sino que había aumentado, florecido en un sentimiento tan profundo, que le costaba imaginar la vida sin él.

Todo el día se había debatido entre sus sentimientos hacia Jeff y el miedo a entregar su vida a otro hombre. Y no había llegado a una conclusión. No, hasta ese momento. Cuando Jeff le pidió que le permitiera velar por su hija.

No podía negárselo. No podía desterrarlo de la vida de Emily.

—De acuerdo, Jeff —dijo antes de que le fallara el coraje—. Me casaré contigo.

«Lo hago por Emily», se dijo a sí misma, sin demasiada convicción.

Jeff se quedó tan sorprendido, que habría podido parecer hasta divertido; sin embargo, su expresión era tan conmovedora que Kelly sintió que los ojos se le llenaban de lágrimas. Instantes después, parpadeó para impedir el llanto al sentir que Jeff la abrazaba estrechamente.

Entonces él inclinó la cabeza y la besó.

—¿Crees que Kieran podría quedarse con Emily esta noche?

Todavía mareada por el beso, ella asintió con la cabeza.

–Creo que sí, ¿por qué?

Jeff le alzó la barbilla con la punta de los dedos.

–Porque vamos a volar a Las Vegas. Esta noche. Antes de que cambies de opinión.

–¿Las Vegas? –repitió mientras él la tomaba del brazo y se dirigían al estacionamiento.

En unas cuantas horas todo estuvo solucionado. Incluso los viajes en avión y el servicio de la boda. Jeff y Kelly regresaron a Bayside antes del amanecer, al hotel de Jeff.

–¿Qué piensas? –preguntó suavemente en la habitación en penumbras.

–Pensaba que es tan extraño –comentó pensativa–. Hace unas horas cenábamos en el restaurante de Laguna Beach. Y ahora estamos... casados.

Él la atrajo hacia sí y la tendió sobre su cuerpo al tiempo que sus manos le acariciaban la espalda, a lo largo de la columna. La caricia de las ásperas palmas era deliciosa, y Kelly tuvo que admitir que esa singular noche de bodas era una experiencia legendaria.

–Se prohíbe pensar –murmuró Jeff y alzó la cabeza para besarle la garganta.

–Hum –Kelly mantuvo los ojos cerrados y se obligó a concentrarse solo en sus caricias.

Jeff tenía razón. Más tarde habría tiempo suficiente para pensar si había actuado bien. En ese momento, lo único que importaba era que él estaba junto a ella.

De pronto, Jeff cambió de postura y se tendió sobre ella al tiempo que le acariciaba los pechos y ella le rodeaba el cuello con los brazos.

Invadida por una deliciosa sensación, Kelly divagaba si siempre sería así entre ellos. Y luego se preguntó si habría un «siempre». Mientras tanto, Jeff besaba, tocaba, acariciaba cada centímetro de su cuerpo. Las terminaciones nerviosas de Kelly vibraban con cada toque y en un momento, un torbellino de color y sensaciones se apoderó de su mente y aferró los hombros de Jeff.

–Jeff –susurró mientras la besaba en la boca.

–Disfruta este instante, cariño. No pienses – susurró al tiempo que alzaba las caderas de la joven y en una prolongada caricia le entregaba todo lo que ella pudiera desear.

Kelly se estremeció de placer. Instantes después, lo recibía en su cuerpo con una sensación de gozosa plenitud.

–Abre los ojos, Kelly –susurró con la voz enronquecida–. Mírame. Mírame mientras te hago el amor.

Ella abrió los ojos y sus miradas se anudaron, tanto como sus cuerpos lo estaban.

–Tómame, Jeff –dijo mientras lo abrazaba

estrechamente, totalmente entregada al ritmo armonioso de los cuerpos.

Cuando ambos llegaron al clímax, el último pensamiento consciente de Jeff fue que finalmente había encontrado su hogar.

Una hora más tarde, un odioso campanilleo rompió el silencio. Medio dormida, Kelly alargó la mano hacia el teléfono y agarró el auricular.

—¿Diga? —murmuró soñolienta.

—Buenos días, señora. Necesito hablar con el sargento de Artillería, Jeff Hunter —oyó una ronca voz autoritaria.

Kelly pestañeó, movió la cabeza de un lado a otro y luego le dio un codazo a Jeff.

—Jeff, te llaman por teléfono.

Ambos estaban exhaustos, casi inconscientes. Y no era para menos, después del viaje de ida y vuelta a Las Vegas, la boda y luego dos semanas de luna de miel condensadas en unas cuantas horas.

—Voy, voy —murmuró al tiempo que alzaba la cabeza de la almohada con los ojos todavía cerrados.

Kelly le pasó el auricular.

—Hunter al habla.

Kelly volvió a reclinarse sobre la almohada. Le dolían todos los músculos del cuerpo.

Tenía la mente deliciosamente embotada y si se hubiera producido un súbito incendio en el hotel, no se habría movido de la cama.

Con una sonrisa ante tales nefastos pensamientos, volvió la cabeza y los ojos hacia Jeff.

Todos los vestigios del sueño se habían borrado de la cara de Hunter mientras escuchaba atentamente.

Kelly sintió que una ola de aprensión le apretaba el estómago.

—Sí, señor. A la orden, señor —dijo Jeff antes de cortar la comunicación.

Entonces le tendió el auricular a Kelly, y saltó de la cama.

—¿Qué pasa? —preguntó ella con la mirada fija en su espalda.

Él la miró sobre el hombro.

—Se acabó la luna de miel, Kel —anunció escuetamente al tiempo que iba hacia el armario.

Abrió la puerta, sacó el bolso de viaje, unas camisas de los colgadores, y volvió a la cama.

—¿Vas a hacer tu maleta? —preguntó inútilmente, puesto que era obvio. En ese momento Jeff metía las camisas y el resto de sus pertenencias en el gran bolso de lona verde.

—Llamaban desde la base —informó con un gesto hacia el teléfono—. Mi equipo tiene que incorporarse a su unidad. Lo antes posible.

—Pero tú estás de permiso —objetó al tiempo que se sentaba en la cama.

–Han cancelado los permisos –dijo Jeff mientras se dirigía al cuarto de baño.

Volvió con un neceser de piel marrón y lo metió dentro del bolso.

«Realmente se marcha», pensó Kelly. Sin embargo, no estaba preparada para esa noticia.

–No pueden hacer eso.

Jeff se detuvo un instante y la miró.

–Cariño, ellos pueden hacer lo que quieran –dijo con una rápida sonrisa.

–Pero no es justo –Kelly se puso de rodillas en la cama, cubierta con la sábana–. Te quedan dos semanas. Que llamen a otro.

Él dejó escapar una breve risa al tiempo que movía la cabeza de un lado a otro.

–Las cosas no funcionan así en el ejército.

–Pero deberían funcionar así.

Por amor de Dios. ¿Lo enviaban a misiones con riesgo de su vida, le daban permiso por un mes y luego se lo arrebataban sin más? ¿Y por qué sentía pánico de que se marchara? Sabía que esa hora tendría que llegar. Solo quería pasar un poco más de tiempo junto a él.

Jeff rodeó la cama y la atrajo hacia su cuerpo hasta que ambos pudieron mirarse directamente a los ojos.

–Tengo que irme, amor mío. No hay otra alternativa.

–¿Y cuándo volverás?

–No lo sé –murmuró mientras su mirada recorría las facciones de la joven como en una despedida silenciosa–. Pero cuando regrese, vamos a terminar de disfrutar los días que han faltado.

¿Una semana? ¿Un mes? ¿Seis meses? No era justo. Una parte de ella quería protestar a gritos. Pero venció su parte racional.

Jeff era un marine. Ella lo sabía desde el principio. Y no lo iba a despedir como una esposa novata, gimoteando, colgada al cuello del marido. ¿No era ella la que se sentía tan orgullosa de su independencia?

Entonces se abrazó a él y le rodeó el cuello, al tiempo que lo besaba lentamente. Un beso largo y profundo, con la intención de que durara todo el tiempo que debían estar separados.

Y cuando al fin se apartó, lo miró a los ojos, a la vez que intentaba ocultar el miedo que la invadía.

–Vete –dijo suavemente, pero con tranquila firmeza–. Haz lo que tengas que hacer, pero cuídate.

Los ojos de Jeff se iluminaron de orgullo y le devolvió una sonrisa fulgurante.

–Lo haré, amor mío. Y luego volveré.

Capítulo Doce

–Señor embajador –murmuró Jeff –, baje la mald..., agache la cabeza.

No era una buena idea maldecir a un embajador, pero el hombre empezaba a colmar su paciencia.

De acuerdo, no era culpa suya que miembros de una guerrilla rebelde lo hubieran capturado, pero al menos podría cooperar con sus salvadores. Deke lanzó a Jeff una mirada en la que claramente se leía que estaba decidido a devolverlo a sus secuestradores; pero eso no iba a suceder, naturalmente.

–Señor –instó Travis con su tono tranquilo–, si coopera, lo sacaremos muy pronto de aquí.

El político era un hombre calvo y gordo. Le corría el sudor por la cara mientras los miraba con una expresión de rebeldía.

–¿Por qué no ha venido un helicóptero? –preguntó por enésima vez –. No se puede esperar que salga de este lugar por mis propios pies. Soy un embajador.

Jeff se aproximó al hombre para que le viera bien la cara, a pesar del camuflaje.

–Señor –Hunter arrastró las palabras–, si no hace lo que le decimos, muy pronto será un embajador muerto.

El hombre farfulló airado.

–De acuerdo, de acuerdo. Intentemos salir de aquí –accedió finalmente, más apaciguado.

Entonces Jeff guió al grupo fuera de aquel agujero apestoso. Desde la partida, la misión había sido todo un problema. El servicio de información se había equivocado respecto al lugar en que mantenían secuestrado al embajador. El equipo había tenido que caminar mucho más lejos de lo que habían planeado, y además lidiar con el mismo hombre que tenían órdenes de rescatar.

Un ligero chasquido alertó a Jeff al instante. Tras hacerle una seña al equipo, se arrastró hacia la derecha, moviéndose sigilosamente a través de los arbustos. Y cuando estuvo detrás del hombre que les iba a tender una emboscada, sin hacer el menor ruido, le asestó un golpe en el cráneo con la culata del fusil. En unos cuantos minutos estuvo de vuelta y guió a sus compañeros fuera de la zona de peligro. Se sentía bien, agudo, mejor que nunca. Sabía que tenía que agradecérselo a Kelly. A su amor por ella. El hecho de tener una vida propia, fuera del Cuerpo, le hacía enfocar mejor su trabajo. Estaba más decidido que nunca a terminar la misión de la manera más segura posible, y volver a casa sano y salvo.

Al encontrar a Kelly, se había encontrado a sí mismo.

Una semana después, estaba de vuelta en Bayside, rumbo a casa de Kelly. Por el camino se preguntaba si era justo con ella. A través de toda la misión, incluido el escape y el viaje hacia la seguridad, había reflexionado sobre su situación personal.

El hecho de tener a Kelly solo lo ayudaba a él pero, ¿cómo le afectaba a ella? Al casarse, la había condenado a una vida de aflicción. ¿Era justo obligarla a incontables adioses e interminables noches solitarias?

A pesar del dolor que le producía, tuvo que admitir que no era justo. Había esperado toda su vida encontrar la clase de amor con el que había soñado cuando era un niño solitario. Y cuando al fin alcanzaba su sueño, tenía que renunciar. Por Kelly. Además, ¿no había consentido en casarse con él solo por Emily? Había dejado claro desde la partida de que no quería un marido. Pero él había manipulado hasta lograr que se casara.

¿Tan hambriento estaba del amor que se le había negado casi toda la vida para poner en riesgo la felicidad de Kelly? Jeff se pasó la mano por la cara e intentó alejar de sí el sentimiento de culpa. Su egoísmo lo había llevado a no desear nada más que a Kelly y a Emily. Sin embargo, si quería lo mejor para ellas, y de hecho era así, entonces tal vez lo mejor sería divorciarse. De todas maneras, Emily disfrutaría de beneficios económicos y Kelly sería libre.

Jeff frunció el ceño y se detuvo frente a la casa de Kelly. Algo en su interior se rebelaba ante el hecho de perder todo lo que había encontrado en las semanas anteriores. Pero nunca sería capaz de vivir en paz si su amor le reportaba sufrimientos a la mujer amada.

Como nunca, Kelly había pasado la última semana pendiente de las noticias de la televisión y de los periódicos. Y no le hacía bien. Era asombrosa la cantidad de zonas calientes que había en el mundo. Y Jeff podría encontrarse en el corazón de una de ellas.

Tras acomodar a Emily sobre la cadera, la colocó en el asiento del andador. La niña de inmediato se puso a gorjear, al tiempo que se paraba en la punta de los pies y empujaba el aparato.

—Mírenla a ella —dijo Kelly con la voz llena de orgullo—. Muy pronto estarás corriendo por la casa y nada estará a salvo, ¿verdad?

Emily rio muy complacida.

–Apuesto a que tu papá te echa de menos –dijo al tiempo que se sentaba en la silla más cercana para vigilar a la pequeña.

La casa estaba demasiado tranquila esos días. Le hacía gracia pensar en la rapidez con que se había acostumbrado a la presencia de Jeff. Se había convertido en una parte de sus vidas. Una parte muy importante. Y lo añoraba mucho más de lo que hubiera creído posible.

Cómo le habría gustado conversar con su madre acerca de todo lo sucedido. Aunque sabía perfectamente bien que su romántica madre le diría que aferrara a su amor con las dos manos y no lo dejara escapar. Kelly alzó las rodillas, y tras un suspiro, se rodeó las piernas con los brazos. Y en esa postura intentó organizar sus pensamientos. Pero era tan difícil apartarlos de Jeff y de la última noche juntos. El último beso, la última sonrisa.

Con el corazón henchido de amor, Kelly decidió que nunca fingiría, ni incluso ante sí misma, que era capaz de mantener a Jeff apartado de su vida. Se había sentido perdida en el mismo momento en que había abierto los ojos, aquel día en la playa, y se había encontrado con su mirada sombría. Viejas heridas ensombrecían los claros ojos azules, y en ese momento sabía que no deseaba otra cosa más que disipar esas nubes que oscurecían la vida de

Jeff. Deseaba amarlo, proporcionarle un hogar al que regresar, darle más hijos y disfrutar con él de todas las cosas tradicionales de las que se había mofado en sus tiempos de adolescente «liberada».

Recientemente, Kelly había llegado a concluir que, con un poco de suerte, todo podía obtenerse. Un verdadero amor y la independencia para orientar la propia vida.

Y se lo iba a decir en cuanto regresara. Hasta entonces, se mantendría ocupada dirigiendo su vida. Haría las mismas cosas que solía hacer antes de que Jeff irrumpiera en su vida. La esperaban sus clases con los niños, el tiempo dedicado a Emily, el cuidado de la casa y del jardín, en fin, una buena cantidad de cosas para llenar las horas del día. Sin embargo, las noches parecían durar eternamente. Se preguntaba dónde estaría Jeff, qué haría y si estaría seguro.

Kelly sabía que esa preocupación la acompañaría constantemente. Casada o no, siempre habría pensado y rezado por Jeff. Al menos como su esposa, gozaba de ciertos beneficios en el Cuerpo. Podría comunicarse con él si era necesario. Le harían saber, Dios no lo quisiera, si sucedía algo malo.

—Nada malo va a suceder —dijo en voz alta, como un niño que grita para espantar a los monstruos que rondan en una habitación oscura–. Jeff conoce su oficio. Es un profesional, además es prudente y ...

En ese momento, llamaron a la puerta y Kelly fue a abrir, aliviada por la interrupción.

Lo miró durante un largo instante, con la mente en blanco, antes de sonreír y echarse en sus brazos.

–¡Jeff, has vuelto!

Jeff la abrazó con todas sus fuerzas.

–Hola, cariño –murmuró con la boca en la curva del cuello de Kelly.

El aliento suave y cálido de Jeff le produjo un estremecimiento de anticipado placer, y cuando se inclinó a besarla, ella le rodeó la cara con las manos sin dejar de mirarlo. Lo sintió cálido, vivo, a salvo.

Cuando al fin se separaron, lo hizo entrar y cerró la puerta tras él.

–¿Por qué no llamaste?

Jeff se encogió de hombros y la miró. Kelly le devolvió una sonrisa que le llegó al corazón.

–Quería llegar cuanto antes.

Kelly le tomó la mano, mientras la mirada de Jeff se perdía en sus ojos verdes.

–¿Por cuánto tiempo vienes?

–Me han concedido las dos semanas del permiso anterior –dijo al tiempo que le despejaba la cara de unos rizos rebeldes.

Jeff se fijó en los pendientes de plata que ella nunca se quitaba, mientras pensaba en las pequeñas cosas de ella que se perdería para siempre. Como el fulgor de su sonrisa, el tacto de su mano. Las cálidas bienvenidas, como la que acababa de recibir.

Nunca había tenido a nadie que lo esperara en casa. Realmente nunca le había importado a nadie antes de Kelly.

Cómo echaría de menos estar en casa. Con ella, con Emily.

—¿Qué pasa, Jeff? ¿Te ha sucedido algo? —preguntó al ver la tristeza reflejada en sus ojos.

—No —respondió al instante. El dolor de abandonarla comenzaba a ser insoportable—. Estoy bien. Solo que...

—¿Solo que... ?

—He pensado mucho durante la semana pasada.

—¿Acerca? —Kelly lo miró con ansiedad.

—De ti, de mí, de Emily —dijo con una fugaz mirada a su hija que empujaba el andador contra sus piernas—. Pienso que siempre has tenido razón.

—¿Acerca de qué?

—Acerca de nosotros. No debimos habernos casado —dijo al fin. Ella parpadeó, pero permaneció en silencio, a la espera—. No es justo para ti. No debía haberte arrastrado a mi vida, Kel. No quiero que te pases el resto de la vida preocupada por mí. Quiero que seas feliz. Que estés segura. Creo que lo mejor sería acabar cuanto antes con este matrimonio.

Se produjo un largo y doloroso silencio en la habitación. Los segundos se transformaron en minutos y todavía ella no decía nada; se limitaba a mirarlo con la sorpresa reflejada en los ojos verdes.

–Así que eso es lo que piensas –dijo cuando Jeff casi había renunciado a esperar una respuesta.

–Sí.

Con un gran esfuerzo, Kelly se sobrepuso al estupor. No podía creerlo. Todas las veces que había imaginado su regreso, nunca pensó en esa escena. Era ridículo. Solo hacía diez minutos que pensaba decirle cuánto lo amaba.

Kelly movió la cabeza de un lado a otro, avanzó un paso hacia él, y le golpeó el pecho con el índice.

–Así que tú lo has decidido, ¿no es así?

–Sí –dijo con una mirada un tanto cautelosa.

Ella volvió a negar con la cabeza al tiempo que dejaba escapar una seca risa.

–Increíble. Esta es precisamente la razón por la que nunca quise casarme. No quería un hombre que decidiera por mí.

–No se trata de eso –Jeff intentó explicar.

–Eso es exactamente. Es sorprendente. ¿Sabes que desde que mis hermanos supieron que me había casado, han dejado de opinar y darme consejos? Finalmente han llegado a la conclusión de que ya soy mayor, capaz de pensar por mí misma. Pero, desgraciadamente, mi marido no piensa lo mismo, al parecer.

–Kelly...

–No, tú ya has hablado. Ahora me toca a mí.

Jeff cruzó los brazos sobre el pecho y la miró fijamente.

–Adelante entonces. Te escucho.

–Gracias –respondió mientras caminaba en círculos alrededor de él. Jeff la seguía con los ojos.

Kelly lo miró con dureza, pero al ver los ojos sombríos se le encogió el corazón. Estaba dispuesto a renunciar a lo que tenía solo para protegerla, ya que sabía que él la amaba. Ese hecho la conmovió de tal manera, que los ojos se le llenaron de lágrimas. Por desgracia para Jeff, su temperamento controló de inmediato la situación.

–¿Así que piensas que si me dejas dejaré de preocuparme por ti?

–Solo pienso...

–Y que necesito que me protejan, porque es obvio que no puedo cuidar de mí misma.

–No, no he dicho eso exactamente –interrumpió al instante–. Quiero decir que yo te he empujado a esto...

–¿Realmente crees que me habría casado contigo si no lo hubiera deseado?

¿Es que realmente creía que ella no lo amaba? ¿Después de todo lo que habían compartido?

—Kelly... —fue todo lo que alcanzó a decir, porque ella no le permitió hablar.

—Me dije a mí misma que me casaba por la seguridad de Emily y permití que tú lo creyeras. Pero la sencilla verdad es que si no te amara, no me habría casado contigo.

Jeff la miró atontado, como si le hubieran dado un fuerte golpe en la cabeza.

—¿Tú me amas?

—Sí —soltó Kelly—. Pero, por favor, no me preguntes por qué en este preciso momento.

—Tú me amas.

Jeff la agarró cuando volvía a pasar por su lado y le impidió moverse. Ella alzó la vista hasta sus ojos y notó la asombrada incredulidad que brillaba en esos abismos azul celeste. ¿De verdad que lo sorprendía tanto que alguien lo amara? El viejo dolor estrangulaba su voz, y ella captó en su mirada la sombra del niño perdido y solo, que todavía habitaba en el interior de ese hombre fuerte, poderoso, parado frente a ella. Con una sensación de infinita ternura, Kelly le rodeó una mejilla con la mano y movió la cabeza de un lado a otro.

—¿Cómo un hombre tan inteligente puede ser tan bobo?

Jeff la atrajo hacia su cuerpo y luego le rodeó la cara con las manos.

–Cariño, si seguimos casados... –dijo suavemente todavía temeroso de creer.

–¿Sí? –cuestionó Kelly al tiempo que le rodeaba el cuello con los brazos y le sonreía. Al instante comprobó que las sombras desaparecían de la mirada de Jeff–. Intenta desaparecer, sargento, y verás como te encuentro.

Jeff esbozó una sonrisa y luego la miró con toda seriedad.

–Estar casada con un marine implica trasladarse continuamente. A ciudades y países diferentes.

–Entonces veremos el mundo.

–No podré hablar de mis misiones contigo.

–Mientras vuelvas a mi lado, no me importará.

–Paso mucho tiempo ausente.

–Entonces la vuelta a casa será más divertida –dijo ella mientras le acariciaba el pecho, y luego volvía a rodearle el cuello con los brazos.

Él aspiró un gran bocanada de aire y la soltó de golpe.

–La vida de un militar puede ser muy solitaria para el cónyuge.

–Soy profesora. Puedo enseñar en cualquier lugar. Y ya soy mayor. Puedo cuidarme sola –le recordó.

Jeff sonrió mientras sentía que su soledad interior se disipaba gradualmente.

–Empiezo a saberlo. Nosotros solemos discutir porque yo intento protegerte y tú quieres ser independiente.

Ella hizo una mueca divertida.

–No olvides que hacer las paces es la mejor parte de la discusión.

–No puedo garantizar que no seré mandón.

–Y yo no puedo garantizar que te haré caso.

La mirada de Jeff se desvió a la niña que, sentada dentro del andador, masticaba el borde de las cortinas de encaje.

–No tengo mucha experiencia como padre.

Kelly siguió su mirada, sonrió, y volvió los ojos hacia él.

–Al tercer o cuarto bebé, probablemente habrás aprendido.

El corazón de Jeff se llenó de gozo.

–¿Cómo es que fui tan afortunado al encontrarte? –susurró mientras recorría con una mirada amorosa las facciones de la joven.

–Muy sencillo, marine –dijo ella y se puso en puntillas para aproximarse a su boca–. Un día de verano salvaste mi vida. Entonces hiciste que valiera la pena haberla salvado.

Jeff contuvo el aliento, a la vez que sentía un nudo en la garganta.

–Nunca he amado a alguien antes que a ti, Kelly. Siempre serás mi amor.

–Y yo te amo, Jeff –murmuró Kelly, sin dejar de mirarlo, con la esperanza de que leyera la verdad en sus ojos empañados de lágrimas–. Ahora y para siempre.

Los brazos de Jeff estrecharon con fuerza su cintura. Había estado tan cerca de perderla. Tan cerca de no saber nunca lo que era el amor. Jeff ocultó la cara en la curva del cuello de Kelly y aspiró su perfume. Sintió que por fin había hallado un lugar y un corazón al que pertenecer.

–Lo juro, Kelly –dijo con los ojos fijos en los de ella–. Te amaré para siempre.

Ella le sonrió entre las lágrimas.

–Bienvenido a casa, Jeff –susurró antes de que él la besara.

Acepte 2 de nuestras mejores novelas de amor GRATIS

¡Y reciba un regalo sorpresa!

Deseo®...
Donde Vive la Pasión

¡Los títulos de Harlequin Deseo® te harán vibrar!

¡Pídelos ya! Y recibe un descuento especial
por la orden de dos o más títulos